PAPIER FRESSERCHEN
MTM-VERLAG
DIE BÜCHER MIT DEM DRACHEN

Impressum

Mühlstr. 10, 88085 Langenargen, Deutschland

www.papierfresserchen.de – info@papierfresserchen.de

Cover: © Heike Georgi

Lektorat: Redaktions- und Literaturbüro MTM - www.literaturredaktion.de

ISBN: 978-3-86196-406-3 - Taschenbuch
ISBN: 978-3-96074-237-1 - E-Book

Martina Meier (Hrsg.)

Märchenhafter Bodensee

Sagen und Märchen
vom Schwäbischen Meer

Inhalt

Der Schachener Rotschopf und sein Fischer

Es war einmal ein fröhliches Mädchen mit schönem, rotem, lockigem Haar. Es wohnte mit seiner Familie in Lindau/Schachen. Wie sein Name war, weiß heute niemand mehr, nur dass jeder es den wilden *Schachener Rotschopf* nannte.

Schon als das Mädchen noch ein kleines Kind war, lief es jeden Abend die Straße entlang, bog dann ab auf kleine Kieswege, flitze an den verdutzten Spaziergängern vorbei und nahm, mit wehendem Röckchen, die Abkürzung quer durch den Linderhofpark zum Bodenseeufer hin. Die Kleine sprang so schnell, dass ihre Locken nur so hüpften.

Dort außer Atem angekommen, schaute sie dann still auf die Wellen, sah den Schmetterlingen nach, lauschte dem Wasser und den Vögeln und beobachtete, wie die Sonne ihre goldenen Strahlen noch etwas über das Wasser tanzen ließ, bevor sie ganz langsam ihrem Wasserbett entgegen sank. Rosa Wölkchen sahen ihr noch nach und wünschten ihr eine gute Nacht. Erst dann wurde es nach und nach dunkler. Das Wasser erst bläulich, dann golden bis rötlich wurde plötzlich dunkelgrün, braun und dann schwarz. Das schöne Mädchen war immer wieder ganz beeindruckt von diesem wunderbaren Farbenspiel und der friedlichen Abendstimmung. Es hat sich bis heute an diesem besonders schönen Schauspiel nichts geändert.

Eines Tages, als die Kleine wieder so am Ufer vor sich hin träumte, sah sie ein Fischerboot. Sie schaute dem jungen Mann gebannt zu, wie er ein Netz voller Fische in sein Boot zog. Er musste sich arg anstrengen, denn es war eine schwere, harte Arbeit. Und trotzdem, als er das schöne Fräulein sah, hielt er inne und grüßte sie fröhlich, lachend. Woraufhin sie ihm freudig zuwinkte und ihm ein „Petri Heil“ zurief. Von diesem Tag an lief sie jeden Abend, noch etwas schneller als zuvor, zum Wasser hin. Sie konnte es kaum erwarten ihren schönen, starken Fischer wiederzusehen.

Manchmal kam er so nah an das Ufer heran, dass er ihr Blumen zuwerfen konnte. Mal waren es Margeriten, mal eine Rose, mal ein Vergissmeinnicht. Sie freute sich sehr und hatte ihm schon längst ihr Herz geschenkt. Ihre roten Locken waren schon von Weitem zu sehen, wenn sie wieder pünktlich an ihrem Platz ankam. Der Wind spielte gern mit den kupferfarbigen, seidigen Haaren, die sie vergebens versuchte, mit den Händen zu bändigen. Die Leute im Ort hatten sich schon längst daran gewöhnt, dass immer zur selben Zeit, so gegen Abend, ein *Rotfuchs* an ihnen vorbeisauste.

So verging der Sommer wunderschön und der Herbst zeigte sich in den schönsten Farben. Selbst wenn es einmal regnete, so hüpfte sie trotzdem fröhlich singend barfuß, mit den Schuhen in der Hand, durch das Nass zum Ufer hin und freute sich auf das Wiedersehen.

Doch eines Tages kam er nicht. Sie wartete, bis weder die Sonne und auch die rosa Wölkchen nicht mehr zu sehen waren. Kühl und bedrohlich ging der Mond auf und schaute mitleidig auf das traurige Mädchen. Es starrte auf das Wasser, in der Hoffnung, endlich das Boot doch noch zu sehen. Aber umsonst. Dunkle Wolken verdeckten die Sterne, der Wind frischte auf und trocknete im Nu die Tränen, die ihr über die Wangen liefen. Als dann schließlich auch der Mond nicht mehr zu sehen war, ging sie langsam, mit gesenktem Kopf nach Hause.

Am nächsten Abend lief sie wieder voller Hoffnung an das Schachener Ufer. Doch kein Fischerboot war zu sehen. Es wurde nun abends immer früh dunkel und der Nebel hing über dem Bodensee, als wolle er verhindern, dass die Schöne ihren Herzallerliebsten sehen konnte. Ihr schien, als wäre es nirgendwo so neblig als gerade bei ihr. Sie strengte ihre Augen an, um durch das dichte milchige Treiben etwas erkennen zu können. Aber nichts. Nur grau in grau. Das Wasser plätscherte gelangweilt an den Strand und selbst die Vögel hatten nichts zu zwitschern. Manchmal kam ein einsamer Ruf einer Möwe über den See, aber sonst nichts. Doch dann! Da! Da war etwas! Etwas Großes, Dunkles, Längliches! Ein Boot! Ein Boot? Sein Boot? Nein, nur ein Baumstamm, den der letzte Sturm irgendwo entwurzelt hatte und der jetzt heimatlos auf dem Wasser dahinschaukelte. Mutlos setzte sie sich ans Ufer und schaute traumverloren auf das Wasser.

Und sie wartete. Jeden Abend. Den ganzen Herbst, sogar im Winter lief sie zum See. Doch auch im Frühling kam er nicht. Auch im nächsten Sommer wartete sie umsonst.

Er kam nicht mehr. Da dachte sie: „Ein Fischer bleibt immer ein Fischer. Er fischt nur nicht mehr bei mir, aber in diesem Gewässer. Somit will ich ins Wasser gehen, dann bin ich ihm immer nah und ewig mit ihm verbunden." Sie stieg langsam in den See und bewegte sich immer weiter hinein, bis man nur noch ihre roten Locken sah. Sie ging immer weiter, die Wellen holten sie ab ... immer weiter hinein ins Schwäbische Meer ... und deckten sie schließlich zu, bis sie ganz verschwunden war.

Die Fischer erzählen sich heute, dass man manchmal, wenn man Glück hat, den Schachener Rotschopf im Wasser sehen kann. Das Mädchen schaue dann vom Grund herauf, lache und winke den Fischern zu. Doch ihre Augen würden immer traurig schauen. Auch solle es genau an dieser Stelle am Schachener Ufer, besonders bei Sonnenuntergang, sehr viele Fische geben, sodass man bis zum heutigen Tag dort oft viele Fischerboote sehen kann. Ob sie nur zum Fischen kommen oder doch hoffen, einmal den *Rotschopf* zu sehen, weiß man nicht genau.

Dagmar Natter arbeitet in der Pflege und schreibt schon seit ihrer Jugend Geschichten, Gedichte und kleine Sketche. Sie ist 52 Jahre alt und liebt trotzdem Märchen.

Das traurige Blutströpfchen

Als Gott sich einst bei seiner Schöpfung
eines zierlichen Blumenkindes annahm,
wünschte sich dieses im Blumenherzen,
dass es ein helles Frühlingskleid bekam.

Stattdessen erhielt es vom Schöpfergott
ein rotbraunes Kleid mit Haarflaum daran.
Weil es einem Herbstkleidchen gleichsah,
zog es die kleine Blume nur widerwillig an.

Eines Tages erschuf Gott auch Menschen.
Sie gaben mit der Zeit den Blumen Namen.
Das Blümchen nannten sie Blutströpfchen,
als sie an ihm auf der Wiese vorbei kamen.

Endlich hatte das Blümchen einen Namen,
der ihm ebenso wenig wie die Farbe gefiel.
Sein rotbraunes Blütenköpfchen hing noch
trauriger als bisher an seinem Blumenstiel.

Mutter Natur hatte das zierliche Blümchen
im Frühling in die sattgrüne Wiese gestellt.
Die Wiese lag auf der Blumeninsel Mainau,
als es sich neugierig umsah in seiner Welt.

Dort gab es viele bunte leuchtende Tulpen.
Das kleine Blutströpfchen fiel gar nicht auf.
Achtlos spazierten Besucher an ihm vorbei
und schlenderten dann zum Schloss hinauf.

Das Blutströpfchen verstand die Welt nicht,
so dass es sein Blütenköpfchen tief neigte,
damit die schlimme Traurigkeit ausdrückte
und auch die maßlose Enttäuschung zeigte.

Neidisch war es auch auf Schlüsselblumen
und selbst auf das blaue Vergissmeinnicht.
Es hätte sein Aussehen gern ausgetauscht
mit des Gänseblümchens Strahlen-Gesicht.

Leider war ein solcher Tausch nicht möglich,
weshalb das Blutströpfchen sehr schmollte
und den schönsten Blumen auf der Mainau
fortan keinerlei Aufmerksamkeit mehr zollte.

Eines Morgens sah die Blume zwei Kinder.
Sie brauchten einen kleinen Blumenstrauß
und suchten sich auf der blühenden Wiese
gerade die Blutströpfchenblüten dafür aus.

Weil es Gänseblümchen zur Genüge gab,
legten sie auf diese offenbar keinen Wert.
Plötzlich freute sich das traurige Blümlein
und fühlte sich ob seiner Seltenheit geehrt.

Seiner Einmaligkeit bewusst ist sich nach
längerem Hadern endlich das Blumenkind
und sein rötlich-braunes Blütenglöckchen
läutet auf einer blühenden Wiese im Wind.

Von Ferne bestaunt es täglich die Schiffe,
die auf dem Bodensee hin- und herfahren.
Es freut sich über die besondere Aussicht
und sein Kleidchen mit den zarten Haaren.

Sieglinde Seiler wurde 1950 in Wolframs-Eschenbach, der Stadt des Minnesängers Wolfram von Eschenbach (Bayern), geboren und ist von Beruf Dipl. Verwaltungswirt (FH). Sie lebt mit ihrem Ehemann heute in Crailsheim (Baden-Württemberg). Seit ihrer Jugend schreibt sie Gedichte.

Von der Bodensee-Schicksalsgöttin

Es war einmal ein kleines Mädchen auf einem Bauernhof. Es war dort der Sonnenschein und strahlte viel Liebe aus, es hatte ein fröhliches Wesen. Diese Liebesenergie hielten manche Menschen gar nicht aus. Immer wieder erhielt es Anfeindungen. Manche sagten zu ihm: „Du musst ja ein böser Mensch sein, wenn du uns immer etwas vorspielst." Aber das Mädchen wusste gar nicht, was die Menschen damit meinten, da es im Grunde seines Herzens diese Liebe und dieses Glücksgefühl hatte.

Wenn es wieder sehr traurig über diese Menschen war, ging es zum See. Dort weinte es und erzählte den Fischen von seinem Leid. Die Fische hatten viel Mitgefühl, aber sie hatten auch Angst um ihr Süßwasser, denn die vielen Tränen machten das Bodenseewasser salzig. Die Fische meinten zu dem Mädchen: „Geh doch mal zur Bodensee-Schicksalsgöttin, vielleicht kann sie dir helfen."

„Wo wohnt denn die Schicksalsgöttin?", fragte das Mädchen, denn von einer solchen Göttin hatte es noch nie gehört.

„Geh ins Schilf, da wo Wasser und Land eins werden."

So ging es ins Schilf und rief nach der Schicksalsgöttin. Diese erschien ihm und das Mädchen erzählte seine Geschichte. Die Göttin erklärte ihm, dass sein Schicksal *Kampf und Sieg* heißen würde. Es konnte so viel Liebe haben, wie es wollte, immer wieder würde *Kampf und Sieg* in sein Leben treten.

Das Mädchen merkte, dass dies seine Bestimmung war. Genau so war es, immer musste es kämpfen. Es wusste auch, dass es siegen würde, aber eigentlich wollte es das nicht.

Wie es in den frühen Morgenstunden auf seinem Heimweg war, kam ein junger schöner Mann auf dem Pferd von der Jagd zurück. Er sprach das Mädchen an. Wie sie so miteinander sprachen, merkten sie, wie die Liebe von ihnen Besitz ergriff. Der junge Mann nahm das Mädchen mit auf sein Schloss. Er wollte es zur zukünftigen Königin machen. Das Mädchen war überglücklich und voller Freude und Liebe. Das war für die Mutter des Prinzen unerträglich. Sie feindete das Mädchen an und machte es überall schlecht, wo sie nur konnte, bei den Bediensteten und bei den Freunden des Prinzen.

Das Mädchen war darüber betrübt und dachte an seine Schicksalsgöttin. *Kampf und Sieg*, das konnte es jetzt wieder haben, denn es wusste, es würde den Kampf gewinnen. Doch das wollte es nicht.

Das Mädchen sprach mit seinem zukünftigen Prinzgemahl. Im Wald gab es einen Eremiten, wenn die Leute im Land Sorgen hatten, gingen viele dorthin und kamen mit guten Ratschlägen und gewandelt zurück.

Der Prinz sattelte sein Pferd und sie ritten zur Höhle des Eremiten, der am heiligen Berg wohnte. Das Mädchen erzählte dem Eremiten seine Geschichte und den Wunsch, sein Schicksal zu wandeln. Der Eremit kratzte sich an Hals und Kopf, wobei am Hals mehr Haare waren als auf dem Kopf. Er machte ein ernstes Gesicht und meinte: „Ein großer Wunsch, den du da hast. Mal sehen.“

Er schaute sich in seiner Stube um und sprach dann: „Da habe ich einen Hut für dich, der wird es dir leichter machen, dein Schicksal zu tragen.“ Das Mädchen setzte den Hut auf. Der Hut hieß *Demut*. Nein, diesen Hut wollte es nicht.

Der Eremit gab ihm einen zweiten Hut. Auch diesen setzte es auf; der Hut hieß *Stolz*. Nein, auch der war nicht der richtige. „Na, dann kann ich dir nicht helfen, tut mir leid“, sagte der Eremit.

„Aber da hinten, hinter der angelehnten Tür zum Keller, da schaut doch noch die Ecke eines verstaubten Hutes heraus. Was ist denn das für ein Hut?“

„Den kann ich dir nicht geben, nein, nein, der ist viel zu mächtig.“

„Den will ich aber aufsetzen!“

Der Eremit gab nach. „Wer diesen Hut will, der muss drei Fragen beantworten."

„Gerne", sagte das Mädchen, „ich will es versuchen". Der Wunsch, sein Schicksal zu wenden, war so groß, dass es keine Angst vor den Fragen hatte.

Der Eremit stellte die erste Frage: „Wie viele Haare hast du auf dem Kopf?"

„So viele, wie der liebe Gott für mich vorgesehen hat", sagte das Mädchen.

Der Eremit brummelte in seinen Bart, war mit der Antwort jedoch zufrieden.

Die zweite Frage: „Wie viele Pflanzen wachsen auf der Erde?"

„So viele, wie sich die Erde wünscht", sagte das Mädchen.

Auch hier war der Eremit zufrieden. Er kniff die Augen zusammen und stellte dem Mädchen eindringlich die dritte Frage: „Sag mir: Wie heißt der Hut?"

Das Mädchen antwortete: „Der freie Wille."

Jetzt war der Eremit überrascht. Schon so lange lag der Hut hinter der Türe, bisher wollte ihn keiner. „Benutze ihn immer in guter Absicht", sagte er.

Das Mädchen war überglücklich und ritt zusammen mit seinem baldigen Prinzgemahl zurück ins Schloss.

Es ließ die Königin zu sich rufen. „Wir werden heiraten", sagte es zur Mutter des Prinzen, „und König und Königin sein. Du kannst gerne hier im Schloss bleiben, wenn es dein freier Wille ist. Wenn du nicht bei uns bleiben willst, werden wir auch diesen Wunsch akzeptieren."

Die Königin spürte die neue klare Macht, die das Mädchen mit diesem seltsamen Hut auf dem Kopf ausstrahlte. Natürlich blieb sie auf dem Schloss und sie lebten glücklich und zufrieden. Und wenn sie nicht ...

Petra Moch-Wörner lebt in Lindau am Bodensee.

Neptunas Troll-Fuß-Blues

Vor sehr langer Zeit lebte in Lindau ein tüchtiger Fischer mit dem Namen Zarus. Lindau hieß damals noch Kaurugum und war zu dieser Zeit ein beschauliches kleines Dörfchen. Jeden Morgen segelte Zarus mit seinem kleinen Segelboot hinaus auf den Bodensee, um seine Netze auszuwerfen. Sie waren immer voll mit leckerem Fisch und das Segelboot hatte wegen der vielen Fische manchmal sehr starken Tiefgang. Die Dorfbewohner von Kaurugum warteten täglich sehnsüchtig am Strand auf die Fische von Zarus, die wegen ihres edlen Geschmackes sehr beliebt waren.

Einmal im Monat, zum Halbmond, feierten die Dorfbewohner ein großes Fest, um für die leckeren Fische zu danken. Dabei wurde viel getanzt und leckerer Wein getrunken. Kaurugum wurde damals auch die Fisch- und Weininsel genannt. Zarus war stolz, einen so wichtigen Beitrag für die Dorfgemeinschaft zu leisten.

Eines Tages, als Zarus wieder sein Segelboot am Ufer anlegte und die Fische verkaufte, passierte etwas sehr Seltsames. Viele Dorfbewohner brachten die Fische zurück und beschwerten sich darüber, dass diese extrem stark nach altem, verdorbenem Käse schmeckten.

Zarus nahm die Fische zurück, probierte selbst davon und warf sie dann ins Feuer. Die Fische waren wirklich ungenießbar. Aber warum? Was war passiert, dass die Fische plötzlich nach altem, verdorbenem Käse schmeckten?

Zarus forschte nach und erfuhr von einem Gerücht, dass sich in Nonnenhorn ein Troll niedergelassen hatte, der täglich seine Füße im Bodensee badete. Dieser Troll litt unter extrem starken Schweißfüßen, was bei Trollen äußerst selten vorkommt, aber wenn, dann eben sehr extrem. Zarus erfuhr auch, dass der Troll unter seinen Schweißfüßen eigentlich gar nicht litt, sein Umfeld aber umso mehr. Damit der Troll bei der Jagd aber wegen der Schweißfüße nicht frühzeitig von seiner Beute gerochen wurde, badete er sie vorher im Bodensee. Die Fische versuchten, dem Gestank verzweifelt zu entkommen, wurden aber durch die Schweißfuß-Troll-Brühe immer wieder überrascht und nahmen dann den Geschmack der geplagten Senk-Spreiz-Platt-Troll-Füße an. Zarus erfuhr bei der Dorfältesten, dass Troll-Schweißfüße sehr leicht zu behandeln seien. „Der Troll muss einfach nur über eine Wiese laufen, auf der das Kraut *Teufelskralle* wächst. Wichtig ist, dass der Morgentau noch damit beschäftigt ist, die Pflänzchen und Kräuter wach zu küssen", erklärte sie ihm.

Das Problem war nur, dass es noch niemand gewagt hatte, dem Troll das zu sagen. Trolle sind launisch, um die drei Meter groß und sehr muskulös. Einem Troll etwas mit großer Bestimmtheit zu sagen, erfordert sehr viel Mut. Niemand hatte es bisher auch nur gewagt, in die Nähe eines Trolls zu gehen, geschweige ihn anzusprechen. Zu groß war die Gefahr, dass ein Troll im Zorn seine Keule schwang und einen verletzte.

Eines Morgens fuhr Zarus wieder mit seinem Segelboot auf den Bodensee hinaus, um seine Netze auszuwerfen, und geriet dabei in ein schlimmes Unwetter. Als eine Welle seitlich sein Boot erfasste, stürzte Zarus in den Bodensee und spürte, wie das Wasser ihn kalt umklammerte.

Zarus hielt die Luft an und versuchte, sich zu orientieren. Als er über sich Lichtstrahlen entdeckte, die sich an der Wasseroberfläche mit einem leichten Glitzern brachen, schwamm er mit kräftigen Zügen darauf zu. Aber anstatt sich nach oben zu bewegen, zog ihn etwas unaufhaltsam in die Tiefe. Angst überkam Zarus, als er bemerkte, wie er immer tiefer gerissen wurde und sich das Wasser des Bodensees von hellgrün in dunkelgrün und schließlich in ein tiefschwarzes Blau verfärbte. Es wurde immer kälter und Zarus brauchte dringend Luft.

In diesem Moment zog sein Leben nochmals komplett in Sekunden an ihm vorbei und Zarus gab auf. Er schloss die Augen, gab dem Atemreflex nach und öffnete den Mund. Völlig überrascht stellte er fest, dass statt kaltem Wasser frische saubere Luft seine Lungen füllte. Er atmete tief ein und öffnete seine Augen. Um ihn herum schimmerte es in einem kräftigen Grün und ihm gegenüber erblickte er plötzlich ein Wesen, das ihn neugierig beobachtete.

„Willkommen in meiner Wasserwolke, Zarus", sagte das Wesen, das ganz offensichtlich weiblich war. Wunderschön anzusehen war es, wie es vor ihm stand und seine wilden, langen roten Haare von der Strömung umspielt wurden, ganz so, wie es sonst der Wind an Land macht, nur viel langsamer und weicher. Das Wesen hatte grün leuchtende Augen und blickte Zarus neugierig an.

„Wer bist du?", fragte Zarus irritiert.

„Ich bin Neptuna, die Herrin der Seen und Flüsse", antwortete das Wesen und lächelte dabei.

Zarus blickte etwas kritisch und meinte: „Ich kenne Neptun, aber von dir habe ich noch nie etwas gehört."

Das Wesen kicherte und sagte: „Neptun hat mit den Meeren genug zu tun, er ist froh, dass ich ihm die anderen Gewässer abnehme." Und es sprach weiter: „Zarus, du hast einen Wunsch frei."

Zarus überlegte nicht lange und erzählte Neptuna von dem Troll und seinen Schweißfüßen, die er regelmäßig hier im See badete. Er bat Neptuna, ihm zu helfen, dass der Troll, statt seine geplagten Senk-Spreiz-Platt-Troll-Füße im Bodensee zu baden, morgens über eine taufrische Teufelskrallenwiese lief. Zarus sagte, dass nur er es dem Troll sagen konnte, aber allein schon der Gedanke daran ließ ihn erschaudern.

„Bitte Neptuna", sagte Zarus, „lass das Wunder geschehen, dass ich in der Lage bin, es dem Troll zu sagen."

Neptuna überlegte kurz und sagte dann: „Mein lieber Zarus, stelle dir bitte vor, dass ich deinen Wunsch gestern bereits erfüllt hätte, du aber nichts davon wusstest. Woran hättest du heute Morgen bemerkt, dass das Wunder geschehen ist?"

Zarus dachte nach: „Ich wäre voller Kraft aufgestanden und

hätte mich ohne Angst mit dem Gedanken, den Troll zu treffen, auseinandergesetzt. Ich hätte mir zielstrebig einen Plan zurechtgelegt. Ich hätte mir überlegt, dass ich dem Troll ja helfen möchte und deshalb bestimmend auf ihn zugehen kann. Ich habe schließlich die Lösung für sein Problem. Uns beiden wäre ja geholfen, wenn er morgens über diese Wiese läuft."

Neptuna sah Zarus bewundernd an: „Ich gratuliere dir, Zarus, für das Wunder, denn genau so wirst du es machen."

Zarus spürte plötzlich die Kälte des Wassers und er hörte noch Neptunas Worte, die ihn an die Wasseroberfläche begleiteten: „Auf, auf, mein lieber Zarus." Nur wenige Augenblicke später befand sich Zarus wieder in seinem Segelboot und die Sonne schien. Voller Tatendrang segelte er nach Kaurugum zurück und vergaß dabei, weitere Fische zu fangen. Zarus war von seinem Plan besessen und davon, ihn umzusetzen. Er spürte die Kraft und die wilde Entschlossenheit in jeder Zelle seines Körpers.

Gleich am nächsten Tag machte er sich auf nach Nonnenhorn, um dem Troll beim täglichen Fußbad einen Besuch abzustatten. Früh am Morgen spazierte Zarus am Ufer des Bodensees auf der Suche nach dem Troll. Nach einer Weile fand er ihn und sah, wie das Wesen am Ufer seine Füße wusch. Als der Troll Zarus bemerkte, blickte er instinktiv nach seiner Keule. Er war riesengroß und sprach zu Zarus: „Verschwinde, du Wicht, sonst erschlage ich dich."

Zarus antwortete: „Ich werde nicht gehen, ganz im Gegenteil. Jetzt pass mal auf, mein Troll-Freund, wenn du willst, dass ich dir mit deinen Füßen helfe, dann bist du morgen kurz vor Sonnenaufgang beim Mittelseemoos. Hast du das verstanden?" Der Troll war so erstaunt, dass er nur mit dem Kopf nickte, während er seine Keule im Arm hielt.

Am nächsten Morgen wartete der Troll bereits auf Zarus. Dieser fasste nochmals seinen gesamten Mut zusammen und packte den Troll am Arm, während sie gemeinsam über die Wiese mit den Teufelskrallen gingen. Am Ende der Wiese ließ Zarus den Troll los und ging zurück in Richtung Kaurugum. Als er sich nach einer Weile umdrehte, sah er, wie der Troll noch immer am

Wiesenrand stand, an seinem Fuß roch und glücklich mit seiner Keule winkte.

Zurück im Dorf hatte sich die Nachricht längst herumgesprochen von dem Fischer, der mit einem Troll Hand in Hand über eine Wiese gelaufen war.

Ab diesem Tage schmeckten die Fische wieder köstlich und Zarus wusste, wie Wunder wahr werden können. Sie lauern in einem selbst und warten nur darauf, geweckt zu werden. Zum Halbmondfest gab es nun eine Feier zu Ehren Neptunas. Und noch heute feiert man am Bodensee ein Fest mit dem Namen „Klassisch Fisch“ zu Ehren des mutigen Fischers Zarus.

Nico Pirner, Jahrgang 1963, ist seit Jahren als Führungskraft mit Personalverantwortung im technischen Bereich tätig. Nicht nur tagsüber, sondern auch nachts geht er vielfältigen Beschäftigungen nach, z. B. als Bewerbungs- und Kommunikationstrainer.

Die verleumdete Gräfin

Es war einmal ein liebliches junges Mädchen, das lebte seit Jahren allein mit seinem Vater. Dieser war, solange das Mädchen denken konnte, traurig. Eines Tages fasste es sich ein Herz und fragte den Vater nach dem Grund für seine Traurigkeit.

Der Vater seufzte und erklärte: „Mein liebes Kind, du hast drei Brüder, die ich vor vielen Jahren im Zorn verwunschen habe. Sie wurden zu Raben und flogen davon. Ich wünschte, ich könnte es ungeschehen machen."

Das Mädchen überlegte eine Weile und beschloss, sich auf den Weg zu machen, die Brüder zu erlösen. Bevor dies geschehen war, würde es keine Ruhe finden. Das Mädchen wartete bis zu einem Moment, in dem es unbemerkt davonschlüpfen konnte und begab sich auf die Suche nach den Brüdern.

Am Abend, als es müde war, kam es in einem Wald zum Haus einer guten Fee. Diese beobachtete das Mädchen seit Jahren und war ihm sehr gewogen. Sie lud es ein, die Nacht in ihrem Haus zu verbringen, und gab ihm Essen und Trinken.

Am nächsten Morgen erzählte das Mädchen der Fee von seinem Vorhaben. Daraufhin begleitete diese das Mädchen an den Rand des Waldes und sagte zu ihm:

Geradeaus über das Feld und mitten im Feld,
da stehen die drei schönsten Linden der Welt.

Nachdem sie dies gesagt hatte, verabschiedeten sich die beiden und das Mädchen ging seines Weges.

Es wanderte einen halben Tag, dann kam es an die Linden. Auf jeder Linde saß ein Rabe, und als das Mädchen näher kam, erhoben sich diese in die Lüfte und flogen zu ihm. Das Mädchen blieb stehen und die Raben setzten sich auf ihre Schultern und Arme. Freudig sagte einer: „Seht nur, unser allerliebstes Schwesterchen ist gekommen, um uns zu erlösen."

Das Mädchen blickte auf die Raben und sagte: „Was bin ich froh, euch gefunden zu haben. Sagt mir doch bitte, wie ich es anstellen soll, euch zu erlösen."

Die Raben erwiderten: „Liebste Schwester, dies ist keine leichte Aufgabe. Du darfst drei Jahre lang kein menschliches Wort sprechen. Und auch besuchen darfst du uns nicht wieder. Solltest du dich nicht daran halten, so werden wir niemals erlöst werden."

„Wenn es das ist, was ich tun muss, um euch zu erlösen, so will ich es gern tun." Sie verabschiedete sich von den Brüdern und begab sich auf den Heimweg. Auf ihrem Weg kam sie wieder in den Wald, in dem die Fee wohnte. Anstelle der Hütte stand dort jedoch ein stattliches Schloss.

Gerade als das Mädchen das Schloss erreichte, ritt eine Gruppe Jäger durch das Tor. Diese wurde angeführt vom Grafen, dem das Schloss und der darum liegende Wald gehörten. Als der Graf das Mädchen erblickte, hielt er an und fragte: „Wer bist du und woher kommst du?"

Das Mädchen blickte ihn an, verneigte sich anmutig und sprach kein Wort. Und obwohl es kein Wort sagte, gefiel es dem Grafen so gut, dass er sprach: „Auch wenn dir Gott keine Stimme gegeben hat, gefällst du mir doch so gut, dass ich dich mit auf mein Schloss nehmen möchte. Wenn du mit mir kommst, soll es dir gut ergehen."

Mit anmutigen Gebärden brachte das Mädchen zum Ausdruck, dass es den Grafen begleiten wollte und so brachte er sie heim auf sein Schloss.

Im Schoss angekommen, brachte der Graf das Mädchen sofort zu seiner Mutter. Das Mädchen verneigte sich vor der alten Gräfin, sprach jedoch kein Wort.

Der alten Gräfin gefiel das Mädchen nicht. Sie sagte: „Was bringst du mir da für ein Mädchen? Wie es scheint, hat es eine schwere Zunge. Was soll es im Schloss?"

Der junge Graf erwiderte: „Sie soll meine Gemahlin werden. Auch wenn sie nicht spricht, so ist sie sonst ohne Fehl."

Die alte Gräfin schwieg, hegte jedoch einen Groll gegen das Mädchen. Bereits am nächsten Tag wurde Hochzeit gefeiert.

Es dauerte nicht lange, da kam ein Gesandter des Kaisers. Dieser brachte Nachricht, dass alle Untertanen zu einem großen Kriegszug zusammenkommen sollten. Der Graf musste schweren Herzens Abschied von seiner jungen Frau nehmen. Bevor er abreiste, beauftragte er einen Diener, sich um die junge Gräfin zu kümmern, damit es dieser an nichts fehlte.

Sobald der Graf abgereist war, bestach die alte Gräfin den Diener. Als die junge Frau einige Zeit später ein Kind zur Welt brachte, befahl sie dem Diener, den Knaben in den Wald zu tragen. Dort sollten wilde Tiere das Kind fressen.

Als der Graf auf Urlaub kam, sagte seine Mutter: „Deine Frau ist ein Zauberweib. Sie hat ein totes Kind zur Welt gebracht." Der Diener wurde befragt und bestätigte die Worte der alten Gräfin. Der Graf musste wieder fort und es dauerte ein weiteres Jahr, bis er erneut Urlaub bekam.

In der Zwischenzeit hatte seine Gemahlin einen weiteren Knaben zur Welt gebracht. Die alte Gräfin erklärte: „Dein stummes Weib ist des Teufels. Sie hat ein Kind zur Welt gebracht, das kein Kind war, sondern ein Tier."

Und der Diener sagte: „Jawohl, Herr, es war ein Tier. Ich habe es im Wald begraben." Der Graf wurde zornig und befahl, dass seine Gemahlin von nun an wie eine Magd leben sollte.

Nach einem weiteren Jahr war der Krieg beendet und der Graf kehrte nach Hause zurück. In dieser Zeit hatte die junge Frau einen dritten Knaben geboren und die alte Gräfin erklärte: „Dein stummes Weib ist des Teufels. Ihr drittes Kind war ein garstiges Ungeheuer."

Der Diener sagte: „So ist es, Herr. Ich habe es im Wald begraben."

In seinem Zorn ließ der Graf seine Gemahlin in den Turm werfen, um sie am nächsten Tag auf dem Scheiterhaufen zu verbrennen.

Im Schlosshof wurde der Holzstoß errichtet und die junge Gräfin wurde herausgeführt, um auf diesem verbrannt zu werden.

Das Gericht trat zusammen und der Herold verkündete den Tod der jungen Gräfin. Er fragte das Gericht, ob es jemanden gäbe, der die Angeklagte verteidigen könne. Es kam keine Antwort, nur die junge Gräfin stieß einen Seufzer aus.

Plötzlich erscholl aus der Ferne ein Horn und drei Ritter in prächtiger Rüstung sprengten auf schneeweißen Rössern in den Schlosshof. Alle drei trugen einen Raben im Schild und jeder hatte einen wunderschönen Knaben im Arm. Bevor der Diener noch den Holzstoß in Brand setzen konnte, durchbohrte einer der Ritter ihn mit seiner Lanze. Alle drei riefen: „Da sind wir, Schwester! Die drei Jahre sind am heutigen Tag um. Wir bringen dir deine Kinder wieder. Die gute Fee im Wald hat sie aufgezogen."

Im Schlosshof war die Freude groß und alle jubelten. Die alte Gräfin jedoch lief in die Welt hinaus und wurde nie wieder gesehen. Der Graf aber lebte mit seiner Gemahlin glücklich bis an ihr Ende.

Antje Steffen, Jahrgang 1969, lebt im Süden von Schleswig-Holstein. Die gebürtige Kielerin schreibt seit vielen Jahren. Vor einigen Jahren hat sie angefangen, sich mit ihren Geschichten und Gedichten an Ausschreibungen verschiedener Verlage zu beteiligen. Seither wurden ihre Texte in über 50 Anthologien veröffentlicht. Beim Papierfresserchen ist sie inzwischen bereits in zwölf Anthologien vertreten. Für weitere Informationen: www.kunterbuntergeschichtenbasar.jimdo.com.

Das Lied des Sees

„Edwin!“ Der Ruf ließ ihn bei seiner Arbeit innehalten und hochschauen. Alberts ergrauter Schopf guckte über die Reling. „Du summst schon wieder, Edwin!“, beschwerte sich sein Kamerad und Edwin entschuldigte sich hastig. Er hatte gar nicht bemerkt, dass diese Melodie erneut seine Gedanken erobert hatte. Keine Ahnung, woher sie gekommen war.

„Und?“, hakte Albert nach. „Wie sieht's da unten aus?“

Edwin schaukelte seufzend in seiner Halterung und klatschte mit der Schaufel einen weiteren Haufen Pech an die Holzplanken des Schiffes. Angewidert rümpfte er die Nase. „Beinahe fertig. Nur noch ...“

Albert ließ ihn nicht einmal ausreden, sondern erklärte: „Beeil dich, Junge. Die Fracht muss morgen früh auslaufen.“

Überrascht horchte Edwin auf. „Morgen schon? Aber ... ich dachte, wir hätten noch zwei Tage. Warum denn so plötzlich?“

Albert zuckte mit den Schultern. „Der Abt will es so. Der Tross aus St. Gallen kommt heute Abend an.“

„Die haben's aber eilig!“, rief Edwin aus.

„Der Winter soll früher kommen dieses Jahr. Und hart werden. Sagen die Wetterdeuter“, erzählte Albert. Ein weitere Schaufelladung Pech klatschte auf den Rumpf.

„Na und? Die Schiffe fahren so oder so über den See, auch wenn Schnee liegt.“

„Dieses Jahr vielleicht nicht.“

Edwin hielt inne und beachtete nicht einmal die schleimige Pechspur, die über seine Hand tropfte, weil er die Schaufel mitten in der Bewegung gestoppt hatte. Verwirrt blickte er wieder zu Albert auf. „Wa... warum nicht?“

„Weil der See zufriert. Wie damals vor hundertdrei Jahren

schon einmal. Da soll das Wasser bis in den Hafen von Romanshorn eingefroren sein. Und man erzählt sich, dass ein Reiter über das Eis kam. Direkt aus dem Nebel geboren. Und er …“

Edwin winkte lachend ab. „Komm, Albert! Nicht schon wieder eine von deinen Geistergeschichten.“

„Das ist keine Geschichte“, wehrte sich der Alte beleidigt. „Das ist die Wahrheit, Junge! Und der Geisterreiter war nicht mal das Schlimmste. Nein. Das waren die Seemenschen. Ihr Hunger trieb sie an die Oberfläche.“

Dieses Ammenmärchen hatte Edwin schon zur Genüge gehört. Seine Großmutter hatte ihn und Line immer vor den Seemenschen gewarnt, die unter dem Wasser in einer versunkenen Stadt leben würden und kleine Kinder zum Frühstück fraßen. Nur ein dummes Märchen, das kleine Kinder erschrecken sollte.

„Wenn der See vollständig zugefroren war, wie konnten die Seemenschen dann nach oben, hmm?“, neckte Edwin.

Albert brummte verlegen und wandte sich ab. Edwin konnte ihn noch rufen hören, ehe seine Schritte auf dem Deck verschwanden. „Spaße nur! Du wirst schon sehen, Edwin.“

Kopfschüttelnd machte sich Edwin wieder an die Arbeit. Eine Schaufel in den übervollen Eimer, ausholen, klatsch, glatt streichen. Und noch eine Schaufel. *Klatsch. Klatsch.* Er hasste es. Der ätzende Geruch verklebte ihm die Nase und das Schwarz würde er für die nächsten Wochen nicht mehr von seinen Händen wegbekommen, egal wie heftig er mit der Bürste schrubben würde. An seine fleckige Hose wollte er gar nicht denken. Mutter würde wenig Freude daran haben. Schließlich besaß Edwin nur diese eine. Klatsch. Unter ihm wogte das Wasser im Rhythmus seiner Schaukel. Dunkel, tief.

Edwin horchte dem Klang der Wellen, die gegen das nasse Holz des Schiffsrumpfes platschten. Er liebte dieses Lied. Drückte sanft die Lippen aufeinander. Summte.

„Edwin!“ Erschrocken fuhr er hoch. Es war schon wieder passiert! Schon wieder hatte er dieses Lied angefangen, von dem er nicht einmal wusste, woher er die Melodie kannte. Was war geschehen? War Albert nicht gerade noch weggegangen?

„Entschuldige, Albert! Ich mach ja …"

„Du bist ja kein bisschen weiter, Junge", wunderte sich Albert, der wieder oben auf der Reling aufgetaucht war. „Aber lass mal. Deine Schwester ist hier."

Gemeinsam mit Albert zog Edwin die Schaukel nach oben und kletterte rasch über die Bretter zur Anlegestelle, wo Line bereits auf ihn wartete. Ihr pausbackiges Mädchengesicht grinste ihm aus einem weißen Schal entgegen, den sie sich zum Schutz gegen den Wind wild um den Kopf gewickelt hatte. „Essen!", quäkte sie zur Begrüßung und streckte ihm Mutters Weidenkorb entgegen.

Dankbar nahm Edwin diesen entgegen und setzte sich neben Line auf den Pier. Als er das rot gestreifte Tuch vom Korb wegzog, stockte er und warf Line einen fragenden Blick zu. Im Korb lagen wie immer zwei Scheiben Brot und ein kleines Stück Käse. Doch der Krug Milch fehlte. Line sah es ebenfalls und begann augenblicklich heftig zu weinen.

„Nicht doch! Line!", erschrak Edwin. Er mochte es nicht, wenn seine Schwester weinte. „Was hast du denn?"

„Papa hat gesagt", schniefte sie und wischte sich mit dem Ärmel über die Rotznase, „wenn Flöra keine Milch mehr gibt, dann…"

Flöra, ihre einzige Kuh, war Lines beste Freundin. Zusammen waren sie groß geworden und hatten aneinander gekuschelt im Heu geschlafen. Immer wenn Line Angst hatte, drückte sie ihren Kopf gegen Flöras weiche Ohren, bis die Angst wie weggeblasen war. Edwin ahnte, was Vater gesagt hatte.

„… dann … dann müssen wir sie verkaufen!"

Edwin nahm seine Schwester in die Arme und drückte sie stumm. Er wusste nicht, was er sagen sollte. Line war noch klein. Doch Edwin verstand, dass ihre Eltern nur mit dem Geld von Flöras Verkauf eine neue Kuh kaufen konnten, die wieder Milch gab.

Doch vielleicht gab es noch eine andere Möglichkeit. Vielleicht, wenn er Albert bat, ihm noch eine Arbeit an Edwins freiem Tag zu besorgen. Oder eine in der Nacht. Irgendetwas würde es bestimmt geben, das Edwin tun konnte. Und mit dem zusätzlichen Geld würde er seine Eltern vielleicht überreden können, Flöra zu behalten. Das alles erzählte er Line, um sie zu trösten, doch obwohl sie zu weinen aufhörte, schien sie ihn nicht ganz zu verstehen.

„Edwin!" Wieder rief ihn Albert. Doch dieses Mal klang es panisch. Als er hochsah, hatten sich zwei große Ladekisten aus dem Kran gelöst und stürzten direkt auf sie zu. Erschrocken stieß Edwin Line zurück auf's Pier und verlor dabei den Halt. Schreiend klatschte er ins Wasser und fühlte, wie ihn die Kälte umschlang. Er strampelte wild um sich, schlug, kreischte, doch alles nützte nichts.

Die Holzkisten versanken neben ihm in die Tiefe. Wirbelten seine Luftblasen auf. Er wusste nicht einmal mehr, wo die Oberfläche war. Seine Lungen brannten.

Dann hörte er das Lied. Jemand sang. Hell und klar. Eine Mädchenstimme. Er sah ihre Augen. Grün und glitzernd wie feuchte Steine am Ufer des Rheins tauchten sie vor ihm auf. Schlammfarbene Haut. Wehendes Haar trieb schimmernd um ihn. Umhüllte ihn. Das Brennen in seinen Lungen hatte aufgehört. Der Schmerz war fort.

„Keine Angst." Die Stimme schien zu flüstern. Gluckern. Der Klang von wogenden Wellen, die gegen den Schiffsrumpf platschten. „Halt dich einfach fest."

Edwins Hand schloss sich um ihre. Zögernd. Ihre Finger fühlten sich warm an. Er bemerkte, wie sie ihn nach oben zog, bis die glitzernde Wasseroberfläche über ihnen zum Vorschein kam. Doch noch ließ das Mädchen sie beide unter dem Wasser treiben. „Ich habe dir zugehört", flüsterte sie mit dem Klang der Wellen. „Nimm es ruhig. Es soll dir gehören."

Ihre Finger lösten sich aus seinen und offenbarten eine silbern glänzende Münze in seiner Handfläche. Das war genug, um Flöra zu behalten und Mutter einen neuen Schal zu kaufen!

„Danke dir! Aber warum ...", wollte er fragen, doch seine Worte waren bloß ein unsinniges Blubbern.

Das Seemädchen kicherte und schupste ihn mit einem leichten Druck auf seine Schultern nach oben, trotzdem vernahm er noch ihre Antwort, ehe sein Kopf aus dem Wasser brach und er keuchend nach Luft schnappte. „Weil du das Lied hören kannst.“

Bettina Bellmont, geboren 1990, lebt in der Ostschweiz und ist neben ihrem Studium der Germanistik Kinder-und Jugendbuchautorin. Ihr Asia-Fantasy Roman „Das Schweigen des Schnees“ ist im November 2013 in Papierfresserchens MTM-Verlag erschienen.

Am Bodensee

Ach, Sommer, Sommer, Sommer.
Die beste Jahreszeit!
Das Grün, die Blumen, Sonne.
Herum gibt es nur Schönheit.

Und Wellen, Möwen, Ufer.
Das ist der Bodensee.
Am Ufer sitzt ein Junge.
Welche Geschichte hat er?

Vor uns ist Ben,
der keine Eltern hat.
Darum zog er
bei seiner Tante ein.

Und jetzt lebt er
mit ihr zusammen.
Sie kann aber
ihn nicht ansehen.
Sie hasst die Kinder,
sie hatte keine.

Und Tante Emma
(das war ihr Name)
zwingt den armen Ben
alles zu tun.

Sie schimpft und schreit,
beleidigt und demütigt ihn.
Sie hört ihn nicht –
befiehlt ihm nur.

Und jetzt sitzt er
und weint am Ufer.
Die Tante hat für nichts
ihn noch einmal bestraft,
obwohl er Geburtstag hat.
Heute ist er zehn Jahre alt.

„Ich fühl mich einsam.
Ich bin allein."
So denkt der Junge
und sitzt und sieht
den Sonnenuntergang.

Er weiß nicht,
dass eine Nixe bei ihm ist,
ihn jedes Mal bedauert,
wenn er am Ufer trauert.

Sie sang für ihn
ein schönes, gutes Liedchen,
und wollte ihm die Mutter sein.

Sie quälte sich.
Sie konnte ihn nicht retten,
solange sie eine Wasserfrau ist.
Darum entschied sie sich,
ein einfacher Mensch zu werden.

Für Beine statt der Schuppen
soll sie viel bezahlen:
Sie soll den See nicht sehen,
sein Wasser nicht berühren,
weil sie verschwinden kann.

Und jetzt hat sie
die schönen, langen Beine.
Sie springt und geht und läuft,
aber schwimmt nicht.

Sie geht zum Jungen,
umarmt ihn.
Er öffnet seine Augen.
Sie küsst die Stirn
und blickt auf ihn
mit gutem Lächeln.

Seit dieser Zeit sind sie zu zweit.
Den Bodensee verließen sie.
Trotzdem haben sie das Glück,
und wollen nicht zurück.

Elena Babuschkina ist 19 Jahre alt. Sie kommt aus Russland und wohnt in Tscheljabinsk. Derzeit studiert sie an der Staatlichen Pädagogischen Universität zu Tscheljabinsk und wird Lehrerin der deutschen Sprache. Sie liest gern deutsche Literatur und mag es besonders, Gedichte vorzutragen.

Die gute Fee vom Bodensee

Es war einmal eine junge Fee namens Felina von der Feeninsel Mainau, deren größter Traum es war, eine gute Fee zu sein. Felina war eine gute Fee mit Leib und Seele und hatte ein gutes Gespür dafür, die Menschen auszuwählen, die Hilfe benötigten. Sie spürte die 19-jährige Krebspatientin Malin aus Konstanz auf, die aufgrund ihrer Krankheit aus Sicht der Ärzte nicht mehr lange zu leben hatte. Felina wollte Malin gerne ihre letzten drei großen Wünsche erfüllen.

Als Malin wieder einmal traurig in ihrem Zimmer saß, tauchte vor ihr plötzlich eine wunderschön schimmernde Gestalt auf, die ihr aufmunternd zulächelte. Sie sprach: „Ich bin Felina, die gute Fee vom Bodensee, und ich möchte dir drei Wünsche erfüllen. In drei Tagen um dieselbe Zeit komme ich wieder her und dann kannst du mir deine drei Wünsche sagen. Überlege sie dir gut, denn es werden deine letzten sein. Bis bald, deine Felina."

Malin überlegte sehr angestrengt, aber ihr fielen sofort drei Wünsche ein:

1.) Ein eigenes Buch veröffentlichen
2.) Eine Reise mit ihrem Freund nach Italien, um Venedig, die Stadt der Liebe, und in Verona das Haus von Romeo und Julia zu besichtigen
3.) Einen guten Abschluss machen

3 Tage später …

Malin saß wieder traurig auf ihrem Bett und glaubte immer noch nicht wirklich daran, dass Felina gleich kommen würde, um ihr die Wünsche zu erfüllen. Aber Felina belehrte sie eines

Besseren und tauchte genauso plötzlich auf wie beim letzten Mal. Heute war sie sogar noch schöner: „Ich bin Felina, die gute Fee vom Bodensee, und ich bin gekommen, um dir deine drei Wünsche zu erfüllen."

Malin zählte ihre Wünsche auf und Felina nickte. Dann schwang sie ihren Feenstab, murmelte eine Art Zauberspruch – und plötzlich regnete es Feenstaub. Dann lächelte Felina noch einmal und verschwand. Sobald Felina weg war, wurde Malin überraschend von ihrem Freund Max besucht, der ihr zu den bevorstehenden Abschlussprüfungen eine Reise nach Italien als Lernmotivation schenkte. Malin war dabei so glücklich, da Felina es wirklich geschafft hatte, ihr einen echten Herzenswunsch zu erfüllen.

Malin und Max brachen eine Woche später zu der Italien-Reise auf und Malin konnte ihr Glück immer noch nicht fassen. In Italien verbrachte sie ihre schönsten Tage und genoss die romantische Zeit mit Max sehr. Die vielen Tauben auf dem Markusplatz von Venedig fand sie faszinierend und die Figur von Julia in Verona berühren zu dürfen, was Glück in der Liebe bringen sollte, gab ihr einen richtigen Adrenalinschub. Malin fand diese Reise so beeindruckend, dass sie darüber eine Geschichte schreiben wollte, damit andere Menschen mal sehen konnten, was so eine Reise bewirken konnte. Leider war die Reise nur sehr kurz, damit Malin pünktlich zu ihren Abschlussprüfungen wieder in Deutschland war.

Sie lernte sehr viel und war eine engagierte Schülerin und konnte so ihre Prüfungen mit Bravour meistern. Das unbeschreibliche Gefühl, als Malin mit ihrem Abiturzeugnis auf der Bühne stand, war umwerfend und sie fühlte sich überhaupt nicht mehr krank. Sie hätte nie gedacht, dass sie so einen guten Abschluss machen würde. An gute Feen hatte sie zuvor auch nicht geglaubt, aber Felina hatte sie überzeugen können.

Am nächsten Morgen, als Malin immer noch nicht glauben konnte, dass sie jetzt ihr Abitur hatte, erhielt sie einen Anruf. Aus ihrem Zimmer hörte man nur ein lautes Kreischen. Eine freundliche Frau erzählte ihr am Telefon, dass ihr Manuskript mit ihren

Eindrücken von der Italien-Reise in Kürze vom Verlag veröffentlicht werden würde.

Felina hatte es geschafft, Malin alle drei Wünsche zu erfüllen und sie damit sehr, sehr, sehr glücklich gemacht. Nie hätte Malin zu träumen gewagt, dass sie trotz ihrer Krankheit so viel erreichen konnte. Als sie ihrer Ärztin bei der nächsten Untersuchung von ihren tollen Erlebnissen erzählte, konnte diese ihr auch noch verkünden, dass ein Wunder geschehen sei. Malin hatte vom Krebs viele Metastasen in vielen lebenswichtigen Organen gehabt, aber jetzt waren alle weg. Sie war geheilt und würde nun noch einige Zeit mit Max verbringen können.

Und wenn Felina nicht gestorben ist, dann erfüllt sie auch noch heute den Menschen ihre Wünsche.

Laura Christin Klug ist 18 Jahre alt und wohnt in Kürten im Bergischen Land in der Nähe von Köln. Geschichten zu schreiben ist ihr größtes Hobby und es wurden bereits verschiedene Kurzgeschichten in Papierfresserchens MTM-Verlag veröffentlicht.

Auf dem Boden des Sees

Zwei Menschen im Zauber finden sich
ihr Herzschlag rauscht an seinem Ohr
Musik rollt wie Perlen durch sein Herz
das er am Ufer träumend verlor

Elfen und Zwerge auf dem Boden des Sees
Fische locken glucksend voll Zärtlichkeit
geheimnisvoll bleibt nur der Name zurück
trägt ewig Flügel und sanft durch die Zeit

Auf dem Wasser ruht schimmernd pures Glück
majestätisch ziehen zwei hier die Kreise
erkennst du sie im Schwanenkleid?
Sie starten die große Reise

Regina Berger, Diplom-Sozialpädagogin, lebt in Wuppertal. In über 20 Anthologien ist sie mit Lyrik und Prosa vertreten, ihr Motto: „Immer dem Wunder auf der Spur". Auch in „Solang das Rad der Zeit sich dreht", Papierfresserchens MTM-Verlag 2012.

Das Gold des Bodensees

Seit Jahrhunderten hieß es, dass im Bodensee, der auch Schwäbisches Meer genannt wird, Gold schwimme. Da Gold aber nicht schwimmen kann, erzählte man einfach: Es liegt Gold im Bodensee.

So suchten jahrhundertelang immer wieder Menschen nach dem Gold im Bodensee. Die Bauern verließen ihre Felder, die Handwerker ihre Werkstätten, die Fischer benutzten ihre Boote zur Goldsuche. Sie alle hatten nur ein Ziel, sie wollten das sagenhafte Gold des Bodensees finden. Ohne ihrer Hände Arbeit verarmten die Menschen immer mehr.

Eines Tages fuhr ein Fischerknabe mit einem Nachen, so nannte man kleine flache Boote, auf den See hinaus, um die Schönheit des Sees zu genießen. Die goldene Abendsonne spiegelte sich im Wasser. Da sah er das Gold des Schwäbischen Meeres. Ein Schwarm goldener Fischlein zog an seinem Boot vorbei, Hunderte kleine, schlanke, goldene Fische, die in dem See ihre Heimat hatten.

Mehrmals warf der Knabe sein Netz aus, und als er es wieder einholte, war es jedes Mal gut gefüllt. Die goldene Sonne war bereits untergegangen, als er das Netz zum letzten Mal in das Boot zog. Die gefangenen Fischlein schimmerten nicht mehr golden, sondern silbern im Licht des Mondes.

Der Knabe hatte so viele Fische gefangen, dass, nachdem er seine Familie und alle seine Verwandten beschenkt hatte, für ihn immer noch Fische übrig blieben. Deshalb baute er am Ufer des Sees einen Räucherofen, in dem er die Fischlein räucherte, sodass er auch im Winter genügend zu essen hatte und nicht darben musste. Andere Fischer machten es ihm nach, fuhren auf das Schwäbische Meer hinaus und warfen ihre Netze aus. Der See spendete so reichliche Gaben, dass die Fischer mit ihren Fischen regen Handel betrieben. Erste Gasthäuser entstanden am Uferrand.

Die Menschen leiteten weiterhin ihre Abwässer in den See, aber es waren zu viele Menschen geworden und demzufolge auch zu viele Abwässer. Fischräuchereien und Fischfabriken entstanden, entsorgten heimlich ihre Abfälle in dem See. Immer mehr Besucher wurden von dem Paradies angezogen. Um sie alle zu beherbergen, wurde die wunderschöne Landschaft rund um das Schwäbische Meer immer mehr zugebaut, Motorboote zogen auf dem See ihre Kreise, störten durch ihren Lärm die Ruhe der kleinen Fische, versetzten sie in Stress. So manch ein Tropfen Benzin oder Motoröl verschmutzte zusätzlich den See. Die Fruchtbarkeit der Fischlein wurde immer geringer.

Schließlich kamen auch immer weniger Menschen an den See, weil eines der letzten Paradiese nun keines mehr war. Die Fischfabriken und Fischräuchereien mussten schließen, es gab nicht mehr genügend Fische. Dann schlossen auch die Gasthäuser.

Bauern und Handwerker gab es schon lange keine mehr, denn alle hatten vom Handel gelebt. Nun kehrte wieder bittere Armut in der Region ein. Die Menschen, die einst das Gold des Bodensees fanden, hatten es verloren.

Besinnen sich Menschen darauf, die Natur des Bodensees zu schützen, wird sich mit der Zeit der Rest des Goldes im Schwäbischen Meer wieder vermehren, dann werden sich die Fischlein wieder in riesigen Schwärmen im Gold des Abendrots spiegeln.

Inga Kess, Diplom-Pädagogin und Fachleiterin für das Fach Deutsch in NRW, lebt jetzt in Baden-Württemberg. Sie hat ihre Liebe zu Schreibwettbewerben entdeckt und Geschichten unterschiedlicher Genres in Anthologien und ein Buch mit Pferdegeschichten für Erwachsene veröffentlicht.

Der Spiegel zwischen den Welten

Oft sagt allein der Name alles über eine Sache aus. Beim *Schiefen Turm von Pisa*, dem *Stiefel von Italien* oder dem *Toten Meer* kann sich jeder ein klares Bild der Sache machen.

Doch wie sieht es mit dem Bodensee aus? Was hat der Boden mit dem See zu tun? Vielleicht geht es um seine Tiefe?

Ich werde euch jetzt eine Geschichte erzählen. Eine Geschichte, die noch kein Mensch jemals zuvor gehört hat. Es ist die Geschichte vom Bodensee ...

Alles begann vor vielen Tausend Jahren, Europa war noch von kilometerdicken Gletschern und schweren Schneemassen bedeckt. Als es wärmer wurde, verschwanden die Eismassen langsam und hinterließen weite Schotterebenen, Berge, Täler und Gräben. Das Wasser, zu welchem sie zerflossen, donnerte in gewaltigen Strömen herab und füllte die Becken und Rinnen. Bald blühten und wucherten überall saftig-grüne Pflanzen und zwischen den Bäumen lebten Tiere aller Art.

Auch die Menschen erkannten das neu entstandene Paradies und besiedelten die fruchtbaren Ebenen. Sie kamen auch bis zum Bodensee. Doch der war zu dieser Zeit noch kein See, sondern ein grünes Meer aus Pflanzen. Das Wasser hatte es noch nicht bis hierher geschafft. Einige der Menschen erkannten den Wert dieser Gegend und bauten ihre Siedlung auf den heutigen Grund des Sees, wo sie alleine und von dem lebten, was die Umgebung hergab. Sie verteidigten ihr Paradies gegen Eindringlinge, und so kam es, dass sie sich zu einem eigenen Volk entwickelten, das ganz im Einklang mit der Natur lebte.

Der Krieg mit so ziemlich allen anderen Stämmen in der Umgebung schwächte sie, aber sie gaben niemals auf, denn sie hatten die Kraft und den guten Willen der Naturgeister auf ihrer Seite. Manche von ihnen waren sogar in der Lage, die Elemente um sich herum zu beeinflussen und zu kontrollieren.

In einer sternenklaren Nacht kam jedoch das Unvermeidliche: Das Wasser hatte den Abhang zum grünen Becken erreicht. Lange wurde es aufgehalten, hatte Hunderte, wenn nicht Tausende Seen und Flüsse erschaffen. Jetzt war es am Ziel. Der erste Tropfen fiel, der zweite, der dritte. Mit jeder Sekunde floss mehr Wasser über die schroffe Felskante, bis ein tosender Wasserfall in die Tiefe donnerte.

Aufgeschreckt vom Lärm rannten die Menschen im Tal umher. Sie gerieten in Panik, wollten fliehen, heraus aus der tödlichen Wanne, doch das Wasser brach von allen Seiten auf sie herein. Sie wehrten sich, kämpften um ihr Leben, kämpften gegen das, was sie eigentlich ausmachte: die unberechenbare Natur. Ungezähmt und wild.

Eine gigantische Flutwelle bäumte sich kreisförmig um die Bewohner des Bodens auf und senkte sich langsam in Richtung Erde. Die schäumende Gischt verdunkelte den Himmel über ihnen, bis sich die Wasseroberfläche schloss und das Naturvolk verschlang.

Als am nächsten Morgen die Sonne über den Horizont kletterte, beleuchtete sie nicht das tiefgrüne Blätterdach des Dschungels, sondern es glänzte und funkelte ein fast unendlicher Ozean wie ein silberner Spiegel in ihrem Licht. Die Menschen bestaunten den neu geborenen See, der einfach über Nacht aufgetaucht war. Und manch einer dachte auch an das seltsame, feindliche Volk, das dort unten gelebt hatte.

Soll das das Ende dieser Geschichte sein? Nein, ihr habt recht. Das ist nicht das Ende. Ihr wisst ja noch nicht, wie der Bodensee jetzt eigentlich zu seinem Namen kam. Also, ich erzähle weiter ...

Alle waren der Meinung, der See hätte sämtliches Leben von dort unten verschlungen. Jeder, der nur ein wenig logisch nachdachte, musste davon ausgehen, dass doch die Natur über die Menschen herrschte und nicht etwa umgekehrt. Und in gewisser Hinsicht stimmte das ja auch, aber eben nicht ganz. Ein klitzekleines Detail fehlte, und doch machte es einen riesengroßen Unterschied.

Die meisten hielten es für dumme Geschichten, einige wenige glaubten daran, weil es die seltsamen Vorgänge dort unten erklärt hatte. Aber ich weiß, es ist die Wahrheit. Nichts ist stärker als die Natur, doch die Natur bestünde nur aus lebloser Masse, wären da nicht die Geister, die ihr innewohnen. Ich denke, es war kein Zufall, dass das Bodenvolk augenscheinlich von der Erdoberfläche gelöscht worden ist, sondern schon von jeher von den Geistern geplant war. Sie wollten sie beschützen, ihre eigene Schöpfung nicht länger im Kreuzfeuer der gierigen Menschen belassen. Die Geister retteten sie, denn früher oder später wären sie zur Zielscheibe aller anderen Völker geworden – weil sie anders waren. Sie drehten alles, oben wurde unten und sie erschufen eine ganz neue Welt. Für die Menschen oben ist er ein ganz normaler See, aber für jene in der verborgenen Welt ist er alles, der Himmel, die Erde. Der See ist wie ein Spiegel, ein doppelter Boden, der die zwei Welten voneinander trennt, sie aber auch verbindet. – Für immer.

Jetzt wisst ihr, warum der Bodensee eigentlich *Bodensee* heißt. Woher ich die Geschichte eigentlich kenne? Hm, vielleicht sollte ich das auch noch erklären ...

Die Jahre vergingen und langsam gerieten das grüne Becken und seine komischen Bewohner in Vergessenheit. Es dauerte Jahrtausende, bis ein schlauer Mann etwas Erstaunliches entdeckte: Alle hundert Jahre verschwindet ein Kind spurlos in den Fluten des Schwäbischen Meeres und hundert Jahre darauf taucht wieder eines wie aus dem Nichts auf. Niemand weiß von deren Herkunft oder dass es sie überhaupt gibt. Abergläubische Leute sagen, sie sind Götter oder der Teufel persönlich, der wieder einmal auf der Erde sein Unwesen treibt. Diejenigen, die realistisch denken, halten sie einfach für Flüchtlinge oder Einwanderer. Doch keiner von ihnen liegt richtig. Sie sind etwas Besonderes, Wanderer zwischen zwei Welten. Nur sie alleine können die Barriere überwinden. Manche von ihnen leben unerkannt unter uns, andere verlassen niemals ihr Paradies in der verborgenen Welt und wieder andere pendeln zwischen ihren zwei Welten hin und her und versuchen, beide zu verstehen und zu lieben.

Ich stehe, wie schon so viele vor mir, am Ufer und lasse den Blick über die im Abendlicht rot-orange schimmernde Wasseroberfläche schweifen. Kleine Wellen schwappen um meine Beine und der kühle Wind weht mir die blonden Strähnen ins Gesicht. Langsam gehe ich auf die goldene Kugel am Horizont zu, spüre bei jedem Schritt die kleinsten Steinchen unter meinen nackten Fußsohlen. Der Stoff meines Baumwoll-T-Shirts saugt sich voll mit Wasser, klebt an der Haut, wird schwer. Ich schließe die Augen, als das kühle Nass mein Gesicht benetzt und sich über meinem Kopf die Wasseroberfläche schließt – es zieht mich langsam in die Tiefe, hinab in die verborgene Welt unter der Oberfläche des Bodensees.

Nicole Cavegn-Bernhard wurde 1998 in Bregenz am Bodensee geboren. Sie lebt heute in Kärnten auf einem kleinen Bauernhof. Ihre Hobbys sind Zeichnen, Schreiben und die Tiere auf dem Hof. Der Fantasyroman „Control – Die Macht der Auserwählten“ ist das Ergebnis ihrer Schreibexperimente.

Ringula und der Mönch

Es war einmal ein Fischer, der lebte in einem kleinen Örtchen am Ufer des Bodensees. Er hatte eine liebe Frau und fünf wohlgeratene Söhne.

Eines Tages, es ging schon auf den Herbst zu, tobte auf dem See ein Unwetter, und der Fischer kehrte nicht mehr heim. Nur sein Boot ward noch gefunden. Es trieb am Morgen kieloben auf das Ufer zu. Zurück blieben des Fischers Frau und die Kinder. Von diesem Tage an mussten die Brüder für das Auskommen der Familie sorgen. Die beiden Ältesten beschlossen, anstelle des Vaters zum Fischen hinauszufahren und ernährten mit ihrem Fang die Mutter und die jüngeren Geschwister.

Nach einiger Zeit zogen zwei weitere Brüder in die Welt, um ein Handwerk zu erlernen, und so blieb der Mutter im Hause nur Martin, der jüngste Sohn. Dieser war von anderem Gemüt als seine Brüder. Das Fischen reizte ihn nicht. Auch ein Handwerk zu erlernen war nicht sein Wunsch. Er wollte lesen und schreiben lernen, aber wie sollte er das bewerkstelligen? Da half ihm der alte Pfarrer des Ortes. Auf seine Fürsprache hin wurde Martin im Kloster zu Radolfzell aufgenommen. Er arbeitete emsig und half den Mönchen bei all ihrem Tun, sodass der Prior des Klosters Gefallen an dem fleißigen Jungen fand und ihn nach einem Jahr als Novizen aufnahm. Ein weiteres Jahr verging, und Martin übte sich nicht nur in den Tugenden eines Mönches, sondern auch im Lesen und Schreiben. Und da er so lernbegierig war, dauerte es nicht lange, bis er in beidem perfekt war.

Eines schönen Tages war Martin am Seeufer unterwegs, frische Wasserminze zu sammeln, um aus deren Blättern Tee zu bereiten. Mittlerweile kannte er sich mit Kräutern und deren Wirkungen recht gut aus.

Da war es ihm auf einmal, als höre er in der Ferne einen gar lieblichen Gesang. Er blickte auf und sah ein winziges Boot, welches mit eingezogenen Rudern auf dem See trieb. Darin saß ein Mädchen mit langem braunem Haar, das sang schöner als die Vögel des Himmels. Martin fühlte sich vom Gesang seltsam angezogen, da endete das Lied und als er nochmals auf den See hinaussah, war da kein Boot und kein Mädchen mehr.

Einige Tage später saß Martin am Ufer des Sees. Die Sonne schien warm, die Vögel jubilierten und die Bienen summten um die Wette. Der junge Mönch las in seinem Brevier und erfreute sich an Gottes herrlicher Natur. Da hörte er wieder den lieblichen Gesang und er sah das Boot mit dem schönen Mädchen nah am Saum des Wassers vorbeigleiten. Diesmal sprang er auf und winkte die Schöne herbei. Als sie näher kam, sah er, dass ein Kranz goldgelber Blumen ihr Haar zierte. „Seid gegrüßt", sprach er die Fremde an. „Wer seid Ihr und was treibt Ihr hier?"

„Das sind viele Fragen", erwiderte das Mädchen lächelnd, „mein Name ist Ringula und ich wohne auf der kleinen Insel dort drüben." Sie zeigte mit der Hand auf den See hinaus.

„Woher habt Ihr diese Blüten?", fragte Martin.

„Die wachsen auf meiner Insel", antwortete Ringula.

„Wie nennt Ihr diese Pflanze? Meint Ihr, ich könnte einige davon bekommen?" Martin berührte vorsichtig den Blütenkranz.

„Die Pflanze wird *Calendula* genannt und hat vielfältige Heilkräfte. Steigt zu mir ins Boot, ich rudere Euch hinüber, so könnt Ihr welche pflücken."

Martin bestieg das Boot, nahm selbst die Ruder zur Hand und hielt Kurs auf die Insel. Dort angekommen, sah er versteckt hinter einem kleinen Wäldchen Hunderte, wenn nicht gar Tausende gelbe Blüten sich der Sonne entgegenstrecken. Sogleich machte er sich daran, einige davon zu pflücken. Dann bat er Ringula, ihn wieder an Land zu bringen.

Zurück im Kloster suchte er in seinem Kräuterbuch nach dieser Blume. Er fand sie und freute sich, dass er nun wusste, wo er sie ernten konnte. Und so begab es sich, dass er bis in den späten Herbst hinein mit Ringula zur Insel ruderte, um die Calendula zu ernten. Er bemerkte nicht, dass Ringula in heißer Liebe zu ihm entbrannt war.

Als die letzten Blumen verblüht und der späte Herbst schon frostige Tage hatte, verabschiedete sich Martin von Ringula, nicht ohne ihr das Versprechen zu geben, im nächsten Jahr wiederzukehren. Der Winter wurde hart und eisig und es geschah, dass der See ganz vom Eis bedeckt war. Die Seegfrörne hielt schon einige Tage an, da machte sich der junge Mönch auf den Weg zur Insel, um Ringula ein gesegnetes Neujahr zu wünschen.

Das Mädchen war hoch erfreut, dachte es doch, Martin habe nun auch seine Liebe zu ihr erkannt. Sie plauderten eine Weile, bis der Abend hereinbrach. Als Ringula ihn zum Abschied umarmen wollte, stieß er sie von sich. „Weiche von mir Frau, weißt du nicht, dass ich ein Mönch bin und meine heiligen Gelübde niemals brechen werde?" Dann wandte er sich um und schritt in der Dunkelheit dem See entgegen. Er hatte gut die halbe Strecke zurückgelegt, als ein Knirschen den Bruch des Eises ankündigte. Martin rutschte ab, hielt sich noch am Rand der Eisscholle fest und rief um Hilfe. Ringula eilte ihm nach, aber auch sie brach ein und so ertranken beide im eisigen Wasser des Bodensees.

Wenn wieder mal eine Seegfrörne stattfindet, kann man, wenn es ganz still ist, den wehklagenden Gesang Ringulas hören, die um ihre verlorene Liebe weint.

Andrea Lutz war schon als Kind extrem fabuliersüchtig. Dieser Sucht ist sie bis ins Erwachsenenalter treu geblieben! Ihre Geschichten, Märchen und Gedichte können in über 60 Anthologien und eigenen Büchern gelesen werden.

Freche Feen

Bunt, wohlriechend, einfach wunderschön. Wer kennt sie nicht, die Blumenmeere entlang der Bregenzer Seepromenade, die jedes Jahr Hunderte von Menschen erfreuen?

Doch nicht nur wir schätzen die duftende Pracht, nein, auch Schmetterlinge, Hummeln und Bienen. Aber wusstet ihr, dass ohne das Zutun der Pollenfeen so manche Pflanzen gar nicht erst aufgehen und gedeihen könnten?

Pollenfeen sind so groß wie Kieselsteine, zierlich wie ein Grashalm und auf ihren Rücken wachsen schimmernde Flügel, die so kräftig sind, dass sie sie in Windeseile von einem zum anderen Ort tragen können. Anstelle von Hosen, Hemden oder Kleidchen tragen die Pollenfeen Blumenblätter, die sie geschickt um ihre winzigen Körper binden. Das Wichtigste an den Feen ist jedoch ihr Strohkörbchen, das sie stets bei sich tragen. In diesem Körbchen befinden sich allerlei Pollen, denn die Aufgabe der Feen ist es, all jene Blüten, die von den Hummeln, Bienen oder Schmetterlingen übersehen wurden, zu bestäuben.

Auch die Feenkinder aus der 1a der Gänseblümchenklasse besitzen ein solches Strohkörbchen, doch dürfen sie es nicht nutzen, daher steht es bei ihnen zu Hause. Sie seien noch zu jung, hat ihnen ihr Lehrer Herr Knoll am Anfang des Schuljahres erklärt.

Monatelang lernen die Feenkinder, welche Blume zu welcher Jahreszeit wächst, wie man die so ähnlich aussehenden Pollen auseinanderhalten kann und vor allem, dass man sich vor einigen besser in Acht nimmt. Was, ihr glaubt mir nicht, dass Blumenpollen gefährlich sein können? Na, für uns vielleicht nicht, aber für so winzige Lebewesen wie die Feen sind sie das sehr wohl. Wie bitte, ihr glaubt mir immer noch nicht? Nun, dann will ich euch die Geschichte von den Pollenfeenmädchen Aria und Lewi erzählen, den beiden Feenkindern, die letzten Herbst ihr wohl größtes Abenteuer erlebten.

„Aria, Lewi! Was macht ihr denn schon wieder bei den Rosen? Ihr wisst doch, dass heute die Sonnenblumen dran sind!", schimpfte Herr Knoll.

Die Wangen rot vor Scham flogen die Mädchen zurück zur Gruppe. „Die Samen der Sonnenblume dürfen nur einzeln gepflückt und auf keinen Fall gerüttelt werden. Andernfalls nehmt ihr ein unfreiwilliges Pollenbad", erklärte Herr Knoll weiter. Die Arme hinter dem Rücken verschränkt, widmete sich der grauhaarige Lehrer der nächsten Sonnenblume, wo er sich vom kleinen Palus das korrekte Pollenpflücken demonstrieren ließ. Alle Schüler gaben aufmerksam Acht, nur die beiden Mädchen konnten den Blick nicht von den purpurnen Rosen nehmen. „Faulige Eichenrinde noch mal, was ist nur mit euch beiden los?", donnerte der Lehrer, als er die Abwesenheit der Mädchen bemerkte.

„Ich … wir …", begann Aria, doch noch ehe sie weitersprechen konnte, fiel Herr Knolls Blick auf die Rosen.

„Ah, verstehe, Rosa centifolia foliacea – die Königin der Rosen. Diese Blume hat schon vielen Feen den Kopf verdreht. Aber sie gilt als die am schwersten zu Bestäubende. Geht nur um ein weniges schief, verdorrt der Stempel und die Blüte stirbt ab. Oder noch schlimmer: Reißt man mehr als drei Blütenblätter auf einmal aus, stößt sie den gefürchteten Röschenstaub aus. Atmet man auch nur ein einziges Staubkörnchen davon ein, so schläft man eine ganze Woche lang so fest wie ein Stein. Nur die Talentiertesten unter uns vermögen es, dieser Blume ein paar ihrer kostbaren Pollen zu entlocken oder sie zu bestäuben."

Arias und Lewis Blick klebte förmlich an der edlen Pflanze. Hier, an der Bregenzer Seepromenade, blühte die Rosa centifolia foliacea an allen Ecken und Enden. „Eines Tages", flüstere Aria ihrer Freundin zu, „werde ich die beste Blumenbestäuberin der Welt sein und dann werde ich dem Herrn Knoll mal zeigen, was für eine talentierte Pollenfee ich bin."

„Ja, ich auch", nickte Lewi entschlossen und folgte ihrer Klasse zu den Gladiolen. Die rosaroten Blütenblätter schimmerten im Sonnenlicht, als Herr Knoll eine der Blumen am Stängel packte und schüttelte.

„Nicht vergessen Kinder, Abstand halten!", mahnte der Lehrer, während goldiger Blütenstaub zu Boden regnete. Leider hatte der neugierige Palus die Warnung überhört und war zu nah an die Blume herangeflogen.

„Hatschi! ... Hatschi! Hatschi!"

„Ach du liebes Stiefmütterchen, Palus", schimpfte der Lehrer, ließ von der Blume ab und kam zu seinem niesenden Schüler heruntergeflogen.

„Es, hatschi!...tut mir, hatschi!...leid, Hatschi! Hatschi!"

„Ach herrje, da hast du aber eine ordentliche Portion Blütenstaub abbekommen", sagte Herr Knoll und legte dem Jungen mitfühlend die Hand auf die Schulter. Palus hatte eine himbeerrote Nase und tränige Augen.

„Hatschi! Hatschi! Hatschi!"

„Nein, so können wir unmöglich weitermachen." Herr Knoll winkte seine Schüler in einen dichten Chrysanthemenstrauch, wo sie von niemandem entdeckt werden konnten. „Wartet hier, während ich für Palus einen Tropfen Wasser hole, damit sich der Ärmste den Staub abspülen kann." Während der Lehrer davonflog, setzte sich der pausenlos niesende Palus mit einem missmutigen Gesicht auf einen der Blumenstängel.

„Hatschi! Hatschi! Hatschi!"

„Der kann einem richtig leidtun. Der Ärmste", flüsterte Aria über die Schulter hinweg ihrer Freundin zu. Doch die hörte ihr gar nicht zu, sondern hatte ihr Köpfchen zwischen den Zweigen ins Freie gestreckt. „Lewi! Was machst du denn jetzt schon wieder?", schimpfte Aria.

„Ich habe gerade die größte Sonnenblume aller Zeiten gesehen! Schau doch!" Das Feenmädchen deutete mit dem winzigen Finger auf eine Sonnenblume, die direkt neben dem Kiosk vor dem Wirtshaus zum See stand.

„Ich glaube es ja nicht", entfuhr es Aria. „Nein, also so eine große Sonnenblume habe ich in meinem ganzen Leben noch nie gesehen. Wetten, dass noch nicht einmal der Herr Knoll jemals eine so große gesehen hat. Was gäbe ich für ein einziges Sonnenblumenkorn von der … Hey Lewi! Bist du verrückt?" Ohne sich nach ihrer Freundin umzusehen, war die freche Lewi einfach drauflos und direkt auf die Sonnenblume zugeflogen. Aria schnappte entsetzt nach Luft, fasste sich aber ein Herz und folgte ihrer Freundin. In Windeseile flog sie über Eis essende Fußgänger, hechelnde Hunde und schreiende Babys. An der Sonnenblume angelangt, tat sie es eilends ihrer Freundin nach und versteckte sich hinter den gelben Blütenblättern. Arias kleines Herzchen klopfte wie verrückt. „Lewi", schimpfte sie, „hast du den Verstand verloren? Was, wenn die Menschen uns sehen?"

„Ach was", winkte der kleine Frechdachs ab, „wir sind so schnell, uns sieht bestimmt keiner."

Gerade als sich die beiden Mädchen hinter den Blättern hervorwagten, um sich eines der Körner zu schnappen, surrte etwas über ihnen. „Eine Wespe!", kreischte Lewi. Plötzlich war das kleine Feenmädchen gar nicht mehr so mutig, sondern erstarrte vor Furcht.

„Heiliges Gänseblümchen", keuchte Aria, „wir müssen hier weg. Schnell!" Mit diesen Worten packte sie Lewi am Arm und flog, so schnell sie ihre Flügel trugen, in Richtung Chrysanthemenstrauch zurück.

Doch die Wespe, zu deren Leibspeise unartige Feenkinder zählten, verfolgte sie. Was nun? Zu den anderen Schülern konnten die Mädchen unmöglich zurückfliegen, sonst würde sich das geflügelte Monster auch noch über sie hermachen. Ein Plan musste her, und zwar schnell. Aria flog mit ihrer Freundin im Schlepptau unter einen Lampenschirm am Minigolfplatz, doch die Wespe fand sie. Sie versteckten sich hinter einem Baum, zwischen zwei Rosensträuchern und hinter einem vergessenen Schnuller, doch so sehr sich die beiden auch bemühten, ihr geflügelter Verfolger entdeckte sie immer wieder. Langsam aber sicher schwanden den beiden die Kräfte, was nun?

Aria sah sich verzweifelt um. Sollten sie sich noch mal hinter einem der Bäume verstecken? Keine gute Idee. Die Rosensträucher? Nein, das hatte auch nicht funktioniert. Moment! Endlich kam Aria eine Idee. Sie zerrte Lewi hinter sich her bis zu einer blutrot leuchtenden Blume – der Rosa centifolia foliacea. Dann bedeutete sie Lewi, sich hinter der Blüte zu verstecken und reichte ihr drei Blätter. „Wenn ich jetzt sage, ziehst du mit all deiner Kraft daran. Verstanden?"

Lewi wusste nicht, worauf ihre Freundin hinaus wollte, nickte aber. Mit zwei Flügelschlägen glitt Aria direkt vor die purpur schimmernde Rose. „Hey!", rief sie, genau in dem Moment, als die Wespe sie entdeckte. „Hier sind wir, komm doch her und hol uns!" Frech hielt sich Aria die wedelnden Händchen an die Ohren, streckte die Zunge heraus und machte: „Na na na na na na!"

Pfeilschnell schoss die Wespe auf sie zu. Aria schluckte die Furcht herunter und verharrte tapfer vor der Blume. „Mach dich bereit", wisperte sie ihrer Freundin über die Schulter zu. Fast hatte die Wespe sie erreicht. „Achtung", Arias Nervosität war mit Händen zu fassen, „uuuuuund JETZT!"

Sekundenbruchteile, bevor die Wespe die kleine Pollenfee schnappen konnte, flog diese steil in den Himmel. Aria war dem geflügelten Bösewicht nur haarscharf entkommen. Der jedoch prallte in vollem Flug gegen die Rose, aus der glitzernder Blütenstaub rieselte. Ein Gähnen erklang und mit einem leisen „Plumps" fiel die tief schlafende Wespe zu Boden.

„Du bist die Größte!", jubelte Lewi, die noch immer die drei Blütenblätter in Händen haltend hinter der Rose hervorkam. Erleichtert und bis über beide Ohren grinsend, kam Aria zu ihrer Freundin zurück.

„Siehst du", sagte sie mit stolzgeschwellter Brust, „ich habe dir doch gesagt, dass wir eines Tages die größten Blumenbestäuberinnen der Welt werden."

„Das stimmt. Und … ach du liebes Lieschen, wenn wir jetzt nicht sofort zurückfliegen, dürften wir in ganz große Schwierigkeiten geraten." Lewi deutete auf Herrn Knoll, der gerade zurückgeflogen kam und schwer beladen mit einem dicken Wassertropfen auf den Chrysanthemenstrauch zusteuerte. Die Mädchen verloren keine Zeit und flogen, so schnell sie ihre Flügel trugen, zurück zu ihrer Klasse. Dort angekommen nieste der arme Palus noch immer unaufhörlich vor sich hin. Und vor lauter Mitleid mit ihrem Kameraden war den anderen Feenkindern gar nicht aufgefallen, dass die beiden Mädchen sich heimlich davongestohlen hatten. Zum Glück, denn das Wespenerlebnis war sowohl für Aria als auch für Lewi mehr als genug Abenteuer für einen Tag gewesen.

Christine Troy wurde 1981 in Dornbirn (Österreich) geboren. Nach ihrer Ausbildung zur Einzelhandelskauffrau zog sie mit ihrem Lebensgefährten nach Götzis. Sie heiratete und bekam zwei wundervolle Kinder, die heute acht und zehn Jahre alt sind. Vor etwa drei Jahren entdeckte sie ihre Leidenschaft für das Schreiben.

Das Freundschaftsbändchen

Ein sommerlich warmer Tag ging zu Ende. Am Abend wurden die Schatten länger und brachten etwas Kühlung. Es wehte ein leiser Wind. Wieder war ein Tag zerronnen und Roman war nicht gekommen. Sie hatte ihn an einem frühlingsfrohen Tag kennengelernt, als sie am Ufer auf den kleinen, vom Wasser rund geschliffenen Kieseln sitzend, ihren Gedanken nachhing. Er war ungefähr vier Jahre älter als sie. Sie mochte ihn auf den ersten Blick und er hatte sich sofort in diesen zauberhaften Teenager verliebt. Ihre kesse Kleidung passte zu ihrem Typ: schwarzes Haar, wasserblaue Augen. Schmetterlinge im Bauch.

Constanze wohnte auf der anderen Seite des Sees – ein Seemeer oder Meersee, jedenfalls war dieses Gewässer so weitläufig, dass man den Horizont nur mit einem intensiv schweifenden Blick erreichen konnte. Vereinzelt schaukelten Schiffe auf den wogenden Wellen. Constanze hatte sich gleich mit Roman für den nächsten Tag verabredet und ihre hellen Augen hatten dabei gestrahlt. Beide versuchten, sich so oft es ging zu verabreden. Durch Schule und andere Verpflichtungen waren ihre Rendezvous jedoch nicht so zahlreich. Umso mehr freuten sie sich auf ihre Treffen.

An den Wochenenden fuhren sie entspannt mit ihren Rädern ein Stück am Ufer des Sees entlang, blieben ab und zu stehen, um die Landschaft aufzunehmen, oder erzählten beim Radeln von ihren Alltagsproblemen. Wenn der Tag zu Ende ging, verabschiedeten sich die beiden mit einem zärtlichen Kuss. „Träum von mir. Bis übermorgen."

Das ging mehrere Wochen so. Doch eines Tages wurde Roman schweigsamer. Seine sorglose Stimmung schien umzuschlagen. „Was ist los?", fragte Constanze. Aber er rückte nicht mit der Wahrheit heraus. Sie fiel ihm offensichtlich schwer.

Der Druck wurde stärker und so erzählte er ihr, dass seine Eltern Umzugsabsichten hätten. „Weit weg in den Norden“, erklärte er. „Wenn ich mit der Schule fertig bin. Mein Vater wechselt den Arbeitsplatz“, ergänzte er knapp.

Constanzes Augen füllten sich sofort mit Tränen. „Du wirst mich vergessen!“

„Nein, nein. Wir besuchen uns oft. Wir bleiben uns treu, treu für immer“, erwiderte er.

Wieder mal saßen die beiden am Ufer auf einer Bank. Roman hatte zärtlich den Arm um Constanzes Schulter gelegt. „Wir wollen uns zum Zeichen der Treue ein Freundschaftsbändchen knüpfen: du eins für mich und ich eins für dich“, schlug Constanze vor.

Auf dem Heimweg wählten sie in einem kleinen gemütlichen Garngeschäft schöne Farben für die Bändchen aus und am nächsten Tag fertigten sie gemeinsam den Beweis ihrer Treue. Sie knoteten das Bändchen um das linke Handgelenk des Partners links, wo das Herz schlägt.

Die Tage wurden kühler und der Tag des Abschieds kam. „Denk an mich! Vergiss mich nicht“, sagte sie weinend. „Ich werde nie einen anderen Mann lieben.“ Sie küssten und umarmten sich.

Die Zeit verging. Constanze wartete in ihrem Zuhause sehnsüchtig auf Post. Nichts. Abends stand sie am Ufer des Sees, schickte sehnsuchtsvolle Blicke gen Norden. Nichts. Sie küsste zärtlich das Freundschaftsbändchen. Aber auch das half nicht.

Fast ein Jahr war vergangen und Constanze stand wieder einmal traurig am Ufer. Der See lag ruhig. Wie aus dem Nichts tauchte eine Ente mit braunen, weißen und schwarzen Federn auf. Sie kam näher und Constanze sah, dass diese schmucke Schönheit etwas in ihrem roten Schnabel trug. Sie steuerte auf einen schwarzen Fleck im seichten Wasser am Rande des Schilfs zu. Die bunte Ente öffnete ihren Schnabel und ließ den grazilen Gegenstand ins Wasser gleiten. Es war ein Reif. Die Ente schlug mit den Flügeln und Constanze glaubte, sie wolle ihr etwas mitteilen. Sie schaute gebannt: Es war das bunte Bändchen, das sie um Romans Handgelenk gebunden hatte. Sie schloss die Augen, ihr wurde schwindelig und dann wusste sie, was sie tun musste. Sie zerschnitt ihr Treuepfand und warf es zu dem schwimmenden bunten Band. Sofort kräuselte sich das Wasser an dieser Stelle, wurde zu wogenden Wellen und dann brodelte es. Weiße Schaumkämme. Danach wieder geheimnisvolle Ruhe. Und wo war die Ente? Sie war verschwunden. Zurück blieb ein weißes Schaumkissen.

Constanze weinte, schluchzte und ging mit zögernden Schritten auf das Wasser zu, schritt weiter und weiter in die kalte Flut. Ihre nasse Kleidung zog sie tiefer nach unten. Kaum, dass Constanze ihr stilles Zuhause mit ihren tränenverhangenen Augen erkennen konnte: ein grauer Reisighaufen, den behände Bodensee-Fischer unter Wasser aufeinandergeschichtet hatten als schützendes Versteck für flüchtende Fische, damit die nimmersatten Kormorane sie nicht finden konnten. Die Tür stand offen, so als ob jemand auf Constanze gewartet hätte, und sie schloss sich hinter ihr wie von Geisterhand geführt, als sie eingetreten war.

Am nächsten Tag, als die Sonne aufging, leuchteten zwei weiße Seerosen am Rande des sanft schaukelnden Schilfs, eben an der Stelle, an der die Ente den Reif ins Wasser hatte gleiten lassen.

Niemand hat Constanze und Roman je wieder gesehen.

Doris Giesler, geb. in Oberhausen/Rh., machte eine Ausbildung zur Fremdsprachenkorrespondentin. Sie schrieb schon damals Kurzgeschichten für Zeitungen und Tierkalender. Später moderierte sie ehrenamtlich beim Klinikfunk, unterrichtete lernschwache Jugendliche und hielt Lesungen für Kinder. Teilnahme an einer „Schreibwerkstatt". Veröffentlichungen in Gedichtbänden und Anthologien. Doris Giesler lebt in Baden-Württemberg.

Die Suche nach dem großen Glück

Es war einmal ein kleiner Fisch, der schwamm Tag für Tag durch die Tiefen des Bodensees. Der kleine Fisch war sehr einsam und mit jedem Tag wurde er unglücklicher, doch er wusste nicht, wieso. Er grübelte stundenlang und zerbrach sich den Kopf, jedoch ohne auf eine Antwort zu kommen. So beschloss der kleine Fisch, sich auf die Suche nach dem großen Glück zu machen. Wenn er jetzt nicht glücklich war, musste er sein Glück eben finden.

Der kleine Fisch wusste, dass er dafür Hilfe brauchte und deshalb besuchte er einen alten Freund, die Krabbe. Der kleine Fisch schwamm traurig zu seinem Freund und sagte: „Krabbe, ich weiß nicht weiter. Ich bin die ganze Zeit so unglücklich, obwohl ich glücklich sein möchte. Deswegen mache ich mich jetzt auf die Suche nach dem großen Glück. Kannst du mir helfen? Weißt du, wo ich es finden kann?"

„Hm", antwortete die Krabbe. „Von einem solchen Problem habe ich ja noch nie gehört. Vielleicht solltest du die anderen Tiere fragen, was sie glücklich macht."

„Das ist eine gute Idee", freute sich der kleine Fisch. „Danke!" Der kleine Fisch wollte gerade davonschwimmen, als ihm noch etwas einfiel. „Krabbe", sagte er. „Was macht dich denn glücklich?"

„Weißt du, mein kleiner Fisch, es hat mich glücklich gemacht, dass ich dir helfen konnte. Anderen zu helfen, macht mich glücklich." Der kleine Fisch nickte und schwamm nachdenklich davon. Vielleicht sollte er auch einmal jemandem helfen.

Als Nächstes besuchte der kleine Fisch einen anderen Freund, den Delfin. Er schwamm zum Delfin und sagte: „Delfin, ich weiß nicht weiter. Ich bin die ganze Zeit so unglücklich, obwohl ich glücklich sein möchte. Deswegen mache ich mich jetzt auf die Suche nach dem großen Glück. Kannst du mir helfen?"

Der Delfin nickte. „Ich werde es natürlich versuchen!"

„Delfin, was macht dich glücklich?", fragte der kleine Fisch.

Der Delfin legte den Kopf schief und überlegte. „Es macht mich glücklich, dass ich den ganzen Tag mit meinen Freunden herumtollen kann!", rief er und machte einen Salto vor Freude. Der kleine Fisch bedankte sich beim Delfin und schwamm weiter. Er hatte niemanden, mit dem er herumtollen konnte und es machte ihn traurig, dass er noch immer keine Antwort gefunden hatte. Was war denn nun das große Glück?

Der kleine Fisch war so in Gedanken versunken, dass er den Hai, der vor ihm schwamm, gar nicht bemerkte. Als der kleine Fisch gegen ihn prallte, drehte sich der Hai überrascht um. „Na, mein Kleiner? Du musst schon aufpassen, wohin du schwimmst!"

„Tut mir leid, Hai. Ich habe gerade nachgedacht und nicht auf den Weg geachtet. Entschuldigung."

„Das macht doch nichts", antwortete der Hai und wollte gerade weiterschwimmen, als ihm der kleine Fisch hinterherrief: „Hai! Was macht dich glücklich?"

Der Hai drehte sich verblüfft zu dem kleinen Fisch um. „Warum fragst du mich das?"

„Ich bin die ganze Zeit so unglücklich, obwohl ich glücklich sein möchte. Deswegen mache ich mich auf die Suche nach dem großen Glück. Ich frage jeden, was ihn glücklich macht."

„Aber du möchtest doch dein eigenes Glück finden, oder?", fragte der Hai.

Der kleine Fisch überlegte. „Ja, schon."

„Also", begann der Hai, „dann musst du dich selbst fragen, was dich glücklich macht. Nicht andere. Du selbst musst es herausfinden."

„Aber wie?", fragte der kleine Fisch verzweifelt.

Der Hai dachte nach. „Wann warst du denn das letzte Mal glücklich?"

Ohne zu zögern, antwortete der kleine Fisch: „Als ich noch bei meinem Schwarm war."

„Und warum gehst du dann nicht wieder zu deinem Schwarm?“, wollte der Hai wissen.

„Weil ich ihn verloren habe“, antwortete der kleine Fisch traurig.

„Na, dann musst du ihn eben suchen!“

„Aber wie?“, fragte der kleine Fisch erneut.

Der Hai lachte. „Du stellst zu viele Fragen, mein kleiner Fisch. Du musst überlegen, wo sie hingeschwommen sein könnten und nach ihnen Ausschau halten.“

„Aber ich weiß doch gar nicht, ob ich zu meinem Schwarm zurück möchte. Vielleicht möchte ich mir einen neuen Schwarm suchen.“

„Das ist ja noch besser“, sagte der Hai. „Dann suchen wir dir einfach einen neuen Schwarm.“

„Und du meinst, dann bin ich glücklich?“, fragte der kleine Fisch.

„Aber natürlich. Glück ist kein Geheimnis. Glück hängt ganz allein von dir ab. Du kannst entscheiden, was dich glücklich macht, wann, wo und weshalb du glücklich bist. Du kannst auch jetzt beschließen, einfach glücklich zu sein.“

„Wirklich?“

„Aber natürlich. Sei hier und jetzt glücklich.“

Der kleine Fisch lächelte. „Das funktioniert ja wirklich.“

„Siehst du. Du kannst immer glücklich sein!“, lachte der Hai.

„Suchen wir mir jetzt einen neuen Schwarm?“

„Ja“, antwortete der Hai. „Das tun wir. Aber nach dem Glück brauchst du nicht mehr zu suchen, denn das ist immer da. In dir. Du musst es nur zulassen.“ So schwammen der kleine Fisch und der Hai gemeinsam durch den Bodensee und suchten nach einem neuen Schwarm. Und egal, ob sie jemals einen fanden oder nicht, sie waren glücklich.

Nadine Mönch wurde 1998 geboren und besucht ein Gymnasium in München. Die junge Autorin begann bereits im Alter von acht Jahren mit dem Schreiben und hatte mit dreizehn erste Erfolge.

Die kleine Fee vom Bodensee

Zu einer Zeit, als es noch geheimnisvolle Geschichten aus ganz zauberhaften Ländern gab, da lebte ein Maulwurf in seinem Bau unter der Erde eines verwunschenen Waldes. Dort, wo sich die Linzer Aach ihr schluchtenförmiges Tal gegraben hat und wo heute noch eine der ältesten Linden des Landes steht. Umgeben von grünen Wäldern und wilden Berghängen war es damals aber ein düsterer Ort, an dem es lang schon keinen Sonnenaufgang mehr gab. Die Finsternis kroch durch die Baumkronen und legte sich dicht über den Waldboden.

Einst lebten dort gute Feen zusammen mit allen Tieren des Naturreiches, doch nach dem unheilvollen Fluch einer bösen Fee zog es die meisten Wesen schon bald fort, hinaus in eine hellere, fröhliche Welt.

Der Maulwurf aber blieb in seiner unterirdischen Kammer, ganz nah am Baumgeisterpfad und alles, was er besaß, war eine Laute aus Walnussholz. Auf dieser winzigen Laute, die wahrhaftig kaum größer als eine Walnuss war, spielte er, wenn er einsam war, die schönsten Lieder – und einsam fühlte er sich oft. Dann hallten magische Töne durch das tiefe Erdreich, Lieder voller Sehnsucht und Liebe. Niemals aber drangen diese mit sanfter Stimme gesungenen Melodien nach draußen, denn der Fluch besagte, dass keiner diese Klänge außerhalb des Maulwurfshügels hören durfte.

Bevor es aber dazu gekommen war – und daran konnte sich der traurige Maulwurf beim besten Willen nicht erinnern – verbrachte er sein Leben bei Hofe als ehrbarer Prinz auf einem prachtvollen Schloss, dessen baldige Hochzeit mit einer schönen Prinzessin bevorstand. Die böse Fee aber war auch in ihn verliebt und konnte es nicht ertragen, dass er eine andere zur Gemahlin nahm. Auch erzürnte es sie, dass der Sohn des Königs so anmutige Lieder spielte, denn die Königstreuen vergötterten ihren Prinzen und liebten seinen Gesang.

Eines Nachts, als wieder einmal seine Klänge über das Schwäbische Meer zogen, ärgerte sich die böse Fee so sehr, dass sie den Wald mit dunklen Nebelschwaden überzog und den Prinzen in einen Maulwurf verwandelte. Von Stund an sollte er sich nur noch dort und in völliger Dunkelheit aufhalten.

Nur eine gute Fee, die sich an seinem lieblichen Gesang erfreue, sollte eines Tages diesen Zauber brechen können. Das aber schien unmöglich, denn der Maulwurf konnte seine Lieder nur noch tief unter der Erde in seiner kleinen Höhle spielen. Sobald er seine Zuflucht verließ, verstummte die Laute und kein Ton erklang aus seinem Mund. Also blieb der Maulwurf fast immer unten und kam, wenn überhaupt, nur nach oben, um zu schauen, ob die Sonne nicht doch wenigstens einmal aufgegangen war. Aber so oft er auch schaute, es blieb dunkel in seiner Welt und so vergingen Tage, Nächte und Jahre.

Doch eines späten Abends, als er zusammengerollt in lebhafte Maulwurfträume versinken wollte, traf ihn ein goldener Blitz. Er wollte seinen Augen kaum trauen, aber winzige, glänzende Sternchen trafen seine kleine rote Nasenspitze. So blickte er verschlafen aus seinem Loch und sah eine kleine Fee, die gleich neben seiner Höhle auf einer Wildblumenblüte saß, ihm fröhlich zuzwinkerte und weiter ihren goldenen Stab tanzen ließ. „Guten Tag, mein neuer Freund, ich kam nicht umhin, deiner Musik zu lauschen, und erinnerte mich, dass ich diese schon einmal vor langer Zeit im Schloss des Königs gehört habe. Was in aller Welt machst du hier in dieser fürchterlichen Dunkelheit an diesem traurigen Ort mit all diesen schönen Melodien?“

Der Maulwurf antwortete traurig: „Seit ich mich erinnern kann, bin ich hier. Aber wieso kannst gerade du meine Lieder hören? Bislang drang nicht der kleinste Ton aus meinem Bau hinaus in den Wald.“

Die Fee schüttelte leicht verwundert ihren Kopf und den letzten Rest Goldstaub aus ihrem Kleid und verschwand.

Doch immer, wenn die kleine Fee nun Zeit hatte, besuchte sie den kleinen Maulwurf und lockte ihn mit allerlei Hinterlist aus seinem tief gegrabenen Heim. Dann tanzte sie mit spitzen Schühchen auf seinem Hügel herum, ein anderes Mal pustete sie kleine Tautröpfchen in seine Höhle und manchmal schrieb sie fröhliche Botschaften auf ein Ahornblatt, und immer, wenn sie sich sahen, wurde sie nicht müde, ihm zu erzählen, dass es einmal einen Prinzen gab, der die Herzen seines Volkes mit seiner Musik berührte. Einen Prinzen, der einst ganz wunderbare Lieder sang, aber kurz vor seiner Hochzeit verschwunden war. Der König soll seine treuesten Reiter in das Land und weit darüber hinaus geschickt haben, und wer auch immer ihm seinen Sohn zurückbringen würde, dem versprach er Kisten voll Gold. Doch der Prinz ward trotz aller Suche nicht gefunden und keiner sah ihn jemals wieder. Die Fee erzählte davon, wie schön das Leben gleich hinter dem Bergrücken des Amalienhains war und in schillernden Farben beschrieb sie ihm das Treiben in einer Welt, in der die Sonne morgens auf- und am Abend wieder unterging.

Der Maulwurf hörte die Geschichten und sehnte sich danach, ein Teil von ihnen zu sein, doch der unheilvolle Bann ließ ihn weiter vergessen.

Die kleine Fee verzweifelte zusehends, denn sie wusste, dass nur noch ein Wunder diesen Fluch würde brechen können. Sie konnte auch die böse Fee nicht mehr um Wiedergutmachung anflehen, denn diese starb an ihrer Einsamkeit, als der Winter den Herbst zum dritten Mal beerbte und so einsam war sie nur geworden, weil die Menschen, Tiere und Naturgeister ihr niemals verziehen, dass sie dem Königreich all die schönen Lieder genommen hatte. So gingen wieder ein paar Nächte ins Land, doch eines Abends, als die kleine Lichtgestalt den Maulwurf wieder besuchen wollte, saß er bereits auf seinem Hügel und spielte neue Melodien, und wie immer konnten alle anderen Waldbewohner keinen Ton davon vernehmen.

Nur die kleine Fee hörte ihn spielen und singen. Begeistert hüpfte sie vor Freude auf ihrer Blüte herum und als sie sich in dieser Nacht verabschiedete, hatte sie noch immer seine Lieder im Ohr. Diese nahm sie nun mit, flog mit ihnen davon, raus aus dem Wald, raus aus der Dunkelheit und hinein in die Welt, wo die Sonne so schön schien.

Nun konnte sie zwar nicht so reizend singen wie ihr musikalischer Freund, aber sie summte und trällerte das Gehörte vor sich hin, erzählte von den Botschaften und den Gefühlen, die man darin wiederfand. Sie berichtete all ihren Freunden davon und plötzlich verbreiteten sich des Maulwurfs Lieder wie ein sich schnell ausdehnendes Feuer. Denn die Feen und Elfen erzählten es dem Wind, der Wind erzählte es den Blumen, die Blumen den Gänsen und so trug sich die Kunde vom singenden Maulwurf, der einst ein Prinz war, durch das ganze Land. Die Klänge drangen durch jedes Mauseloch, bis in die hintersten Ecken hinein und sie berührten wie früher der Menschen Herz.

Eines Morgens dann bemerkte der Kleine wieder einmal einen glänzenden Schimmer in seinem Bau. Fröhlich kletterte er hinauf zu seiner neuen Freundin, aber als er oberhalb des Hügels auf die Wildblüte schaute, war niemand da. Tatsächlich hatte sich ein klitzekleiner Sonnenstrahl in den Maulwurfsbau verirrt.

So vergingen weitere Nächte im düsteren Land, doch mit jedem Bewohner des Königreiches, der die gefühlvollen Lieder vor sich hin summte, gab es ein paar Sonnenstrahlen mehr im verwunschenen Wald, der plötzlich gar nicht mehr so maulwurfsschwarz war wie noch ein paar Monde zuvor.

Eines Tages wachte der Maulwurf auf und erblickte einen Sonnenaufgang, wie er ihn noch nie gesehen hatte, und ganz plötzlich kehrten die Erinnerungen zurück in sein einsames Herz. Da nahm er seine Laute und spielte die schönste Melodie, die er je gespielt hatte, und mit jedem Ton, der nun ganz deutlich im Zauberwald zu hören war, wurde aus dem kleinen Maulwurf wieder ein stattlicher Prinz.

Nun, da der Fluch gebrochen und der düstere Nebel verschwunden war, bot sich dem Königssohn ein fantastischer Blick auf den Bodensee und sofort machte er sich auf den Weg zu seinem Vater, dem König, und zu seiner geliebten Prinzessin.

Von Stund an lebten sie glücklich und zufrieden im Schloss

am heiligen Berg, gleich neben dem wieder hell erstrahlenden Feenland, und wenn sie nicht gestorben sind, dann leben sie noch heute, vielleicht sogar noch mitten unter uns.

Corinna Schenk, Jahrgang 1966, schreibt schon seit vielen Jahren Gedichte und Geschichten, um Emotionen zu beschreiben und Menschen zu berühren. Kleinere Veröffentlichungen in Anthologien gab es u. a. auch bei Papierfresserchens MTM-Verlag.

Die Nebelritter

Im zehnten Jahrhundert stand Ritter Johann von Auenthal im Dienste der Kirche. Er war als Kirchenbote für Äbte und Bischöfe unterwegs, um wichtige Dokumente weiterzuleiten. Gerade erst war er von Konstanz zurückgekommen und nahm Quartier in einer kleinen schlichten Herberge, um sich nach dem anstrengenden Ritt auszuschlafen. Es war bereits Spätherbst. Das Laub der Bäume war durch die Kälte bereits hinabgefallen.

Johann sehnte sich nur noch nach Ruhe und Wärme. Oftmals übernachtete er im Freien, selten gönnte er sich eine Herberge. Er sparte seinen Sold für das schlecht gehende Gut des Vaters, welches er bereits geerbt hatte. Sein jüngerer, kränklicher Bruder konnte es mehr schlecht als recht verwalten. Johann hoffte, schon bald genügend Sold erspart zu haben, um die anstehenden Reparaturen zahlen zu können. Irgendwann wollte er zurückgehen, um sich dort niederzulassen. Mit diesen rosigen Zukunftsträumen legte er sich auf das schmale Lager und schlief bald ein.

Am Folgetag klopfte der Herbergsbesitzer früh an seine Kammertüre. Er kam in Begleitung eines Mönchs. „Entschuldigt bitte, Herr Ritter, ich weiß, Ihr wolltet nicht vor dem Mittag gestört werden, doch der Mönch hat eine Sache von großer Dringlichkeit …“, stotterte er verlegen. Der kleine drahtige Mönch hatte nicht vor, sich mit seinem Anliegen abweisen zu lassen, und sprach sofort freundlich drauflos.

„Gott zum Gruße, Herr Ritter! Ich habe ein Dokument von unserem Abt, das umgehend zur Insel Reichenau in die Hände des Abtes Witigowo gelangen muss …“

„Auch Euch ein Gott zum Gruße“, erwiderte Johann höflich, aber noch verschlafen. „Erst gestern kam ich aus Freiburg – mein Gesäß hat sich von den Strapazen des strammen Ritts immer noch nicht erholt", lächelte er entschuldigend. „Hat das Dokument nicht noch ein wenig Zeit? Es soll kälter werden und schaut Euch um, der Nebel nimmt zu…"

„Es soll Euer Schaden nicht sein … die Bezahlung ist mehr als gut und vor dem Frühjahr werdet Ihr gewiss keinen Ritt mehr machen müssen!" Dabei legte der Mönch mit einem freundlichen Lächeln einen Lederbeutel auf den Tisch. „Darin sind Goldmünzen – Bedingung ist jedoch, dass Ihr noch heute aufbrecht!"

Johann ging wortlos zum Tisch und öffnete den Lederbeutel – schätzungsweise zweiundzwanzig Münzen lagen im Beutel. Er dachte einen Augenblick an seinen Bruder und das Erbe, daher fiel ihm die Entscheidung nicht schwer.

„Gut, ich bin Euer Mann! Doch ich benötige ein frisches Pferd, die Kosten für das Pferd trägt Euer Abt!"

„Einverstanden." Zufrieden nickte der kleine Mönch und händigte ihm das Pergament aus. Danach verabschiedete er sich rasch von Johann, um nach einem geeigneten Pferd Ausschau zu halten.

Gegen Mittag kam ein Pferdeknecht mit einem edlen Reittier zur Herberge und übergab das Pferd Johann. Dieser machte sich sofort auf den Weg und übernachtete in einem Waldstück. Der Wald wurde von den Einheimischen auch Gespensterwald genannt. Johann lächelte über den Aberglauben der Bauern und Tagelöhner. Dann entfachte er ein kleines Feuer, um sich ein wenig zu wärmen und Licht zu haben. Kurz darauf drehte er sich, an einem Baum lehnend, in seinen warmen Tuchmantel ein.

Er erwachte durch ein klirrendes Geräusch, als würden Schwertklingen aufeinanderprallen. Er rieb sich die Augen. Das Feuer war heruntergebrannt und als er sich umblickte, war niemand zu sehen. Verstört schüttelte er den Kopf und wollte weiterschlafen, als das Geräusch wieder erklang, dieses Mal jedoch wesentlich näher. So stand er auf und ging einige Schritte umher.

Dann sah er auf einer kleinen Lichtung im Mondschein zwei schemenhafte Gestalten miteinander kämpfen. Sie umschlichen sich und kämpften mit Schwertern. Beide wirkten unnatürlich hell im Licht des fahlen Mondes und ihre Rüstungen glänzten silbern. Fasziniert sah Johann den beiden zu. Ihre Kampfkunst war ausgefeilt und beide beherrschten ihre Schwerter mit einer Leichtigkeit, als hätten sie kaum Gewicht.

Johann war so vertieft in das Schauspiel, dass er nicht mehr an Schlaf dachte. Die gespenstische Kulisse im Nebel zog ihn in einen folgenschweren Bann. Plötzlich sah einer der Ritter zu ihm hinüber und senkte sein Schwert. Der andere tat es ihm gleich und sah ebenfalls zu Johann hinüber. Sie öffneten ihr Visier, um augenscheinlich besser sehen zu können, und starrten ihn an.

Johann erschrak zutiefst. Die beiden Ritter blickten ihn aus höhlenlosen Augen an. Knochen schauten aus dem Helm hervor und schlagartig wurde ihm bewusst, dass er Geisterritter vor sich sah. Noch etwas fiel ihm ein, es war Allerheiligen … „Die Nacht, in der die Toten durch die Pforte in die Welt der Lebenden kamen", dachte er entsetzt. Worauf hatte er sich nur eingelassen?

Er rannte los, gehetzt schwang sich in den Sattel, ritt in Windeseile los. Die beiden Ritter folgten ihm, sie saßen auf schwarzen Pferden, die im Nebelschein mit ihren Hufen kaum den Boden berührten. Sie jagten ihn durch den Wald bis ans Wasser. Doch es war kein Wasser mehr da. Vor Johann lag der gefrorene Bodensee im Nebel, umhüllt vom Silberschein des Mondes, und die Reiter waren dicht auf seinen Fersen. Er bekreuzigte sich und betete, dass er die gespenstischen Ritter abhängen könne. So gab er seinem Pferd die Sporen und ritt über das Eis. Der Abstand zwischen ihm und den Nebelrittern wurde immer kleiner. Er wagte nicht, sich umzudrehen, tat es dann aber doch … In diesem Moment gab das Eis unter ihm nach. Mann und Ross versanken in den Fluten unweit der Insel Reichenau.

An dunklen, nebeligen Herbsttagen und in der Nacht zu Allerheiligen sieht man oftmals drei Nebelritter über den Bodensee reiten …

Dorothea Möller, verheiratet, zwei Kinder, lebt und arbeitet in Hamm/Westfalen. Sie schreibt seit vielen Jahren und begann nach den Erziehungszeiten sowie der intensive Pflege der Eltern im Jahr 2008 wieder zu schreiben.

Nebel über dem See

Wenn Nebel über dem See liegt und vom Wasser her ein Schrei ertönt, der so ähnlich wie der einer Möwe klingt, aber eben nicht ganz … dann halte dich von dort fern.

Wer mir diesen Ratschlag erteilte, vermag ich nicht mehr mit Bestimmtheit zu sagen. Ich würde mich sogar zu der Behauptung versteigen, dass mir der Gedanke ganz von selbst kam, ohne bestimmten Grund oder Anlass. Dennoch beunruhigte er mich, nistete sich in meinem Hinterkopf ein und ging nicht mehr fort.

Dinge dieser Art waren nun wirklich das Letzte, was ich gebrauchen konnte. Einige Jahre zuvor hatte ich in Österreich die Bekanntschaft eines äußerst unangenehmen Poltergeistes gemacht – zumindest hielt ich jenes Wesen, das damals in meiner Wohngemeinschaft gespukt hatte, inzwischen dafür, denn seine Identität war nie ganz geklärt worden – und seitdem war ich in dieser Hinsicht hypersensibel. Außerdem, so argwöhnte ich, musste es irgendwie mit der Gegend zu tun haben, dass mir plötzlich solche Gedanken kamen. In meiner Heimat im Norden war ich erfrischend wenig von übernatürlichen Erscheinungen heimgesucht worden – eigentlich gar nicht – aber kaum war ich zurück an den Bodensee gezogen, kamen mir die Gespenster wieder hinterher geschlichen.

Sie nahmen den probaten Weg, mit mir in Kontakt zu treten: über meine Träume. Wenn mein Unterbewusstsein zu schwach war, um sich dagegen zu wehren, kamen sie, hagere Gestalten mit unnatürlich langen Gliedmaßen in einem Meer aus Nebel, und starrten mich mit toten Blicken an, begleitet von Möwenschreien, die keine waren.

„Es sind Wassergeister“, dachte ich eines Morgens beim Aufwachen, noch im Halbschlaf. Ich wusste es mit einer Sicherheit, die mich selbst verblüffte. Was hätten sie auch anderes sein sollen?

Trotzdem, oder gerade deswegen, unternahm ich regelmäßig Spaziergänge zum Wasser hinunter. Wenn ich am Ufer stand, kamen mir die merkwürdigen Träume so furchtbar albern vor. Nach einiger Zeit stellte ich fasziniert und beunruhigt zugleich fest, dass ich mich gerade an nebligen Tagen zum See hingezogen fühlte, ohne mir erklären zu können, warum.

Zweierlei Dinge erscheinen mir im Nachhinein wichtig: Erstens nämlich, dass sich die Fischbestände des Bodensees allmählich zu erholen schienen. Nach jahrzehntelanger Verschmutzung und anschließender Klärung des Wassers hatte es zum Schluss kaum noch Fische gegeben, weil diese keine Nahrung mehr fanden. Doch seit einiger Zeit, so las ich eines Tages im Regionalblatt, stagnierte der Fischbestand und schien sogar ein wenig zuzunehmen. Zweitens gab es in den letzten Jahren offenbar weniger Touristen als früher. Ich möchte einräumen, dass ich mir möglicherweise etwas zusammenspinne, wenn ich einen Zusammenhang zwischen diesen Umständen vermute, aber vorsichtshalber habe ich in der letzten Zeit keinen Fisch mehr gegessen.

Die unheimlichen Träume gewannen an Substanz, als Laurien verschwand. Laurien war ein junges Mädchen aus den Niederlanden, das in Nonnenhorn Urlaub machte. Ich hatte sie hin und wieder am See getroffen und war mit ihr ins Gespräch gekommen, erfreut darüber, meine Niederländischkenntnisse wieder etwas auffrischen zu können. Auch sie schien vom Nebel angezogen zu werden. Sie liebe die melancholische Atmosphäre, so sagte sie, und manchmal käme es ihr so vor, als würde etwas sie rufen.

Ich weiß nicht mehr, wie ich dazu kam, aber ich warnte sie vor den Wassergeistern – scherzhaft, versteht sich, oder zumindest redete ich mir das ein.

Als ich sie ein paar Tage später am See treffen wollte – die Luft war neblig und feucht und klebte wie Spinnweben an Haut und Kleidung – erblickte ich bereits von Weitem eine Silhouette, die ich für Laurien hielt. Das Seltsame aber war, dass diese sich nicht an der Stelle befand, an der ich das Ufer vermutete, sondern über dem See zu schweben schien. Ich dachte, sie wäre ins Wasser gegangen, und wunderte mich, da die Temperatur mir doch arg niedrig erschien, um schwimmen zu gehen. Ich rief ihr zu, aber der Nebel schien meine Stimme zu verschlucken. Nichtsdestotrotz wandte die Gestalt mir ihr Gesicht zu – oder das, was das Äquivalent eines Gesichts war. Ich war zu verblüfft, um entsetzt zu sein, und machte mir im Stillen die Notiz, das eben Gesehene so schnell wie möglich zu vergessen, dann wandte ich mich um und wankte stocksteif davon, ohne mich noch einmal umzudrehen.

Der Schrei, den das Wesen von sich gab, erreichte gerade den Rand meines Bewusstseins. Später erinnerte ich mich daran, und ich ahnte, dass es mit diesem Vorfall am See eine Bewandtnis hatte, deren volle Bedeutung mir noch nicht klar war. Übrigens habe ich Laurien nie wiedergesehen.

Durch meine Erfahrung mit dem bereits erwähnten Poltergeist vorbelastet begriff ich, dass ich nicht einfach nur ein Spökenkieker war, wie man mich daheim genannt hätte, und machte ich mich an die Recherche unter der Vorgabe, mich für die heimische Sagenwelt zu interessieren. Was ich herausfand, war höchst beunruhigend.

Tatsächlich war von Wassergeistern die Rede, deren Aufgabe es war, den See lebendig zu halten – das hieß, dafür Sorge zu tragen, dass eine große Anzahl an Fischen vorhanden war. Weiterhin hieß es, jene Geister würden, sofern es nicht genügend Leben im See gäbe, hin und wieder Menschen in ihr Gewässer locken, um sie dort in Fische und anderes Wassergetier zu verwandeln. Sie würden bevorzugt bei Nebel in Erscheinung treten und Laute ausstoßen, die Möwenschreien nicht ganz unähnlich seien.

Seither bin ich auf der Hut. Bei Nebel halte ich mich vom See fern und lausche auf Schreie, die wie die einer Möwe klingen, aber nicht ganz. Und im Traum – wenn auch nur selten – sehe ich zuweilen das Gesicht des Geistes, der mit hoher Wahrscheinlichkeit Laurien geholt hat, und sein fürchterliches Lächeln, das mich jedes Mal nach Luft ringen lässt. Wenn ich dann aufwache, habe ich das Gefühl, meine Haut sei ein bisschen schuppiger als zuvor, und muss das Bedürfnis niederzwingen, zum See zu laufen und mich ins Wasser zu stürzen.

Anita C. Güldenstern, Jahrgang 1982, aus den norddeutschen Bergen nach Nonnenhorn gezogen. Verfügt tatsächlich über Niederländischkenntnisse.

Kuss der wahren Liebe

Alles geschah an einem schönen, sonnigen Tag. Sophia war ein zwölfjähriges Mädchen mit roten Haaren und einem mit Sommersprossen übersäten Gesicht. Wie gewohnt wachte sie früh am Morgen auf. Sie lebte in einem kleinen Haus am Ufer des Bodensees mit ihrem Vater. Ihre Mutter war gestorben, als Sophia drei Jahre alt war, und seitdem hatte sie einen Traum im Leben: sie wiederzusehen und ihr zu sagen, wie sehr sie sie liebte.

Sophia wachte auf und ging daran, sich um den Haushalt zu kümmern, weil ihr Vater seine ganze Zeit bei der Arbeit verbrachte, um sie zu ernähren. Zuerst reinigte sie das Haus, holte Wasser aus dem Brunnen und kochte Abendessen. Sie hatte sogar noch Zeit für ihre Lieblingsbeschäftigung – sie pflanzte Blumen vor dem Haus. Sie verbrachte ganze Stunden im Garten: jäten, bewässern, düngen. Es beruhigte sie und gab ihr Zeit, um über ihr Leben nachzudenken.

Nach ein paar Stunden entschied Sophia, spazieren zu gehen. Nicht weit von ihrem Haus war eine wunderbare Wiese, wo es Blumen in allen Farben gab, von den üblichen weißen bis zu den goldgesprenkelten. Sie kannte die Namen der einzelnen Blumen und konnte ihre Art und Herkunft genau bestimmen.

Plötzlich wurde ihre Aufmerksamkeit auf eine Blume gezogen, die am Ufer des Sees wuchs. Sie hatte einen sehr dünnen Stängel, die Blätter hingen bis zum Boden und die Blütenblätter waren schwärzer als die Nacht. Sie schien so einsam und vergessen und Sophia fühlte eine magische Verbindung zwischen ihr und sich selbst. Sie erinnerte sich. Manchmal abends, wenn ihr Vater noch auf der Arbeit war, konnte sie am Fenster sitzen, sie sah die Widerspiegelung des Mondes im See und dachte darüber nach, wie alles wäre, wenn ihre Mutter noch lebendig wäre. Sophia beschloss, dass sie sich dieser Blume annehmen und sie nie vernachlässigen wollte. Jeden Tag kam sie ans Ufer, sie bewässerte sie, düngte und erzählte ihr beiläufig Geschichten aus ihrem Leben und darüber, was ihr während des Tages passiert war.

Wochen vergingen. Sophia erinnerte sich, dass einmal, als sie schon ins Bett gegangen war, ihr Vater ihr eine Legende über den Bodensee erzählt hatte. Einmal in hundert Jahren wächst am Ufer eine Blume, die jeden Wunsch erfüllen kann, aber niemand hat sie je gefunden und viele Jahre später vergaßen alle die Legende, sie blieb nur auf den Seiten eines Buches.

Am nächsten Morgen stand sie früh auf. Als ob sie von einer Kraft wie mit einem Seil gezogen wurde, führte es sie an den Ort, wo die Blume gewachsen war. Sophia lief ohne einen Blick zurück zum Ufer und war überrascht. Anstelle einer kleinen, elenden, fast toten Blume stand dort ein schöner Junge mit schwarzen Locken, die wie Gold in der Sonne strahlten, mit dunkelgrünen Augen und einem freundlichen Lächeln. Er begrüßte das Mädchen und stellte sich vor. Sein Name war Florian. Er ging zu Sophia, lächelte und sagte, dass seine Dankbarkeit keine Grenzen hätte, denn er erscheine alle hundert Jahre und es gäbe nur eine einzige Person, die seiner begehrten Auszeichnung würdig wäre – des Wunsches. Aber Sophia war etwas Besonderes, sie hatte ihn nicht verlassen, um ihn sterben zu lassen, sondern hatte begonnen die Blume zu pflegen und sich als gutes, reines Herz und die Seele eines Mädchens erwiesen.

Er beschloss also, sie für ihre Freundlichkeit zu belohnen. Florian sagte, dass er ihren Wunsch erfüllte, aber die Voraussetzung für den Wunsch müsse aufrichtig sein. Sophia konnte es nicht glauben, sie hatte einen Wunsch frei. Sie sagte, dass sie ihre Mutter wieder bei sich haben wolle.

Florian schloss die Augen und sagte etwas in einer unbekannten Sprache. Für einen Augenblick überkam Sophia ein warmes Gefühl und jemand hielt sie an den Schultern. Sie drehte sich um und sah vor sich ihre Mutter. In ihren Augen standen Tränen. Sie standen da umarmt und Sophia konnte ihr Glück nicht fassen.

Sophia und ihre Mutter dankten Florian und gingen nach

Hause. Seitdem lebten sie glücklich und zufrieden, kannten keine Sorgen und schützten einander, denn es gibt nichts Wichtigeres als Familie auf der Welt, und sie wusste das jetzt sicher. Florian verschwand auf der Suche nach einer neuen guten Seele.

Zehn Jahre vergingen. Sophia wuchs und wurde ein schönes Mädchen mit einer schlanken Taille und in der Sonne leuchtete ihre blasse Haut. Ihre Augen leuchteten vor Glück, weil ihr Leben glücklich war. Aber sie konnte den Jungen am See nicht vergessen, sie fühlte sich innerlich leer.

Eines Tages erinnerte sie sich daran und sie beschloss, an den Ort, wo sie ihn zum letzten Mal gesehen hatte, zu gehen. Sie ging dorthin zurück, aber niemand war da. Der See war ruhig und still. Plötzlich hörte sie Schritte hinter sich. Sophia drehte sich um und sah Florian. Er war groß und gut aussehend, er hatte sich seit damals nicht verändert.

Auch er war froh, sie zu sehen. Sie näherten sich einander und umarmten sich, als ob sie alte Freunde waren. Den ganzen Tag saßen sie am Ufer des Bodensees. Florian erzählte ihr, dass er viele Länder besucht hatte. Sie sprachen bis zum späten Abend über alles.

Sophia sagte ihm, dass sie jetzt sehr glücklich war, aber ihr Herz war leer gewesen, bis sie ihn gesehen hatte. Jetzt fühlte sie, dass sie bereit war, Berge zu versetzen, und ihr Glück kannte keine Grenzen. Sie verabredeten, sich am nächsten Tag an der gleichen Stelle zu treffen.

Am nächsten Tag, die Sonne ging gerade auf, lief Sophia bereits an den Strand, um Florian wiederzusehen. Die Zeit verging. Während des Gesprächs sagte Florian, dass ein Fluch auf ihm lag und dass er bald wieder eine Blume werden würde.

Das Mädchen konnte am Abend nicht schlafen, Sophia wusste nicht, was sie tun sollte, sie wollte ihn nicht wieder verlieren. Über all das grübelnd erinnerte sich Sophia, dass ihre Mutter ihr einmal sagte, nur ein Kuss der wahren Liebe könne jeden Zauber zerstören. Und so geschah es.

Während des nächsten Treffens küsste Sophia Florian. Plötzlich wurde er in die Luft gewirbelt, eine schwarze Wolke bildete sich um ihn und er fiel bewusstlos wieder auf den Boden. Der Fluch war gebrochen. Während er auf der Erde lag, saß Sophia neben ihm, sie hatte Angst, dass sie es noch schlimmer gemacht hatte. Als sie sich über ihn beugte und ihre Tränen auf seine Wange fielen, wachte er auf und küsste sie. Sie war so glücklich.

Florian stand auf, nahm ihre Hand und sagte, dass er nie mehr verschwinden würde und sie nie verlassen würde. Sie gingen nach Hause zu Sophia und erzählten alles den Eltern. Sie nahmen ihn als Sohn auf und planten gleich den Hochzeitstag. Zu der Hochzeit kamen viele Leute aus der ganzen Umgebung des Sees, sie feierten, hatten Spaß und alle lebten glücklich zusammen und kannten keine Probleme.

Mascha Tschistjakowa ist 19 Jahre alt und lebt in Tscheljabinsk in Russland. Ihre Hobbys sind: Deutsch lernen, Musik hören und Filme sehen. Bereits 2010 und 2012 beteiligte sie sich an Anthologien von Papierfresserchens MTM-Verlag.

Der Wichtelwald am Bodensee

Schon seit vielen vielen Jahren erzählt man sich rund um den schönen Bodensee eine ganz besondere Geschichte. Dort, wo noch heute prächtige Bäume auf der Insel Mainau wachsen und gedeihen, lebten nämlich einst zu alter Zeit ganz besondere kleine Wesen, die mit ihren kurzen Beinchen und den roten Mützlein ganz lieblich anzuschauen waren. Es waren Wichtel, die hier fleißig ihr Handwerk betrieben, um Große und Kleine im ganzen Land zur Weihnachtszeit mit hübschen Geschenken erfreuen zu können.

Wollte man das Reich der Wichtel, den Wichtelwald, betreten, so musste man an einer gläsernen Tür, die von zwei kleinen Elfen bewacht wurde, einen Spruch aufsagen, und schon wurde einem Einlass gewährt.

Im Laufe der Jahrhunderte ist dieser Spruch leider bei den Menschen, die heute am Schwäbischen Meer wohnen, in Vergessenheit geraten. Vielleicht sind deshalb jene kleinen Wichte auf der Insel Mainau auch nicht mehr zu finden. Aber wer weiß: Wenn einer eines Tages zufällig auf die richtigen Worte stößt, dann könnte es ja durchaus sein, dass sich die Wichtel doch noch einmal zeigen. Man muss eben nur ganz doll daran glauben ...

Vor langer Zeit aber wussten viele gute Menschen, wie sie zu den Wichteln gelangen konnten. Sie sagten jenen Spruch auf – und schon öffneten die beiden Elfen mit einem Lächeln das gläserne Tor zum Wichtelwald.

Was sich hinter der Tür dem Betrachter offenbarte, lässt sich kaum in Worte fassen. Eine glitzernde und schillernde Welt, die man so heute nirgendwo mehr findet. Über und über waren die vielen Weihnachtsbäume mit glitzerndem Feenstaub betupft und die Zweige mit vielen kleinen Holzfiguren behängt, die liebevoll bemalt worden waren. Denn der Wichtelwald auf der Insel Mainau war ein reiches Weihnachtsparadies und die fleißigen Wichtel arbeiteten Hand in Hand mit dem Nikolaus und seinen Gefährten.

Unter jedem Baum im Wichtelwald saßen zwei oder drei Wichtel gemütlich beieinander und erledigten ihre Arbeiten. Den Lauf der Jahreszeiten mit heißen und sehr kalten Temperaturen kannten die kleinen Gesellen nicht. Bei ihnen war es immer gleichbleibend und angenehm warm, sodass sie das ganze Jahr hindurch schaffen konnten. Denn kaum war ein Weihnachtsfest vorbei, mussten die Wichtel ja schon wieder mit den Vorbereitungen für das nächste Fest beginnen.

Im Jahresreigen verirrten sich nicht oft Besucher in den Wichtelwald. Aber hin und wieder kam eben doch jemand vorbei, der einen ganz persönlichen Wunsch äußern wollte. Kannte er den Spruch, der die gläserne Tür öffnete, so ließen ihn die Elfen passieren. Kannte er ihn aber nicht, so musste er unverrichteter Dinge wieder nach Hause gehen.

Besonders viele Besucher aber kamen natürlich Jahr für Jahr kurz vor der Adventszeit zu den kleinen fleißigen Gesellen. Und auch wenn diese wenig Zeit hatten, so hatten sie doch immer ein offenes Ohr für die großen und kleinen Wünsche ihrer Gäste. Zeit hatten die Wichtel wenig, weil sie neben den vielen Geschenken für den Heiligen Abend ja auch Jahr für Jahr die Adventskalender der Kinder füllen mussten.

Man stelle sich das nur einmal vor: Für jedes Kind im Land 24 klitzekleine Süßigkeiten liebevoll verpacken und hinter 24 klitzekleinen Törchen verstecken!

Das machte wirklich viel Mühe und forderte die ganze Aufmerksamkeit der kleinen Kerle. Aber die Wichtel taten ihre Arbeit gerne. Sie beschwerten sich nie über die Mühen und Plagen, sie werkelten mit einem Lied auf den Lippen rund um die Uhr und gönnten sich lediglich um die mitternächtliche Stunde einmal eine kurze Verschnaufpause.

Nun geschah es aber eines Tages, dass einer der Wichtel ein wenig unaufmerksam bei der Arbeit gewesen war. Es war noch ein ganz junger Wichtel, der das erste Mal bei den Vorbereitungen für die Weihnachtszeit helfen durfte. Und er vergaß tatsächlich, eines der Schächtelchen eines Adventskalenders zu füllen! Natürlich hatte er seinen Fehler nicht bemerkt, denn sonst hätte er ihn sofort behoben. Die Wichtel wussten nur zu gut, wie traurig ein Kind werden konnte, wenn es statt seiner kleinen Leckerei beim Öffnen seines Törchens nichts vorfinden würde.

Nun aber was das Missgeschick geschehen und ein Adventskalender wurde nur mit 23 gefüllten Schachteln ausgeliefert.

Diesen ganz besonderen Kalender bekam die kleine Luisa von ihren Eltern geschenkt. Sie freute sich jeden Morgen mächtig auf die Süßigkeit, denn Süßes gab es bei ihr zu Hause nur sehr sehr selten. So ein Stückchen Schokolade an jedem Morgen war schon etwas ganz Besonderes.

Tag für Tag öffnete die kleine Luisa ein Törchen und steckte sich sogleich die süße Köstlichkeit in den Mund. Wie erstaunt aber war die Kleine, als sie eines Morgens jenes Fensterchen öffnete, das der Wichtel zu füllen vergessen hatte. Gleich rief sie ihre Mutter.

„Mama“, sagte sie. „Schau einmal, ich glaube, die Wichtel haben in diesem Jahr beim Befüllen der Adventskalender nicht richtig aufgepasst. Stell dir nur einmal vor, hier war gar nichts drin.“

Luisa zeigte mit ihren kleinen Fingern auf das leere Schächtelchen und brach danach gleich in Tränen aus. Denn man muss wissen, dass Luisa aus einer sehr armen Familie stammte, wo es längst nicht jeden Tag ein süßes Bonbon gab.

„Wir können in den Weihnachtswald gehen und den Wichteln sagen, dass sie einen kleinen Fehler gemacht haben“, versuchte die Mutter ihr Kind zu trösten. Unter Tränen stimmte Luisa zu. Den Weihnachtswald nämlich wollte sie schon immer einmal sehen. Dort sollten sich gerade in der Vorweihnachtszeit die merkwürdigsten Dinge zutragen – so hatte es die Kinder in der Schule jedenfalls immer erzählt.

Also machten sich Mutter und Tochter auf den Weg in den Wald. Natürlich kannten sie den Spruch und die Elfen öffneten ihnen die gläserne Tür. Kaum hatte diese sich geöffnet, da blieb den beiden Mund und Auge offen stehen. Welch eine Pracht! Sie konnten sich kaum sattsehen an der Schönheit dieses Ortes. Hier schien jeder Tag ein Heiliger Abend zu sein. Und als sie dort so staunend standen, hörten sie plötzlich eine zarte leise Stimme.

„Hallo, ihr Menschenkinder", sagte einer der Wichtel. „Was treibt euch zu uns in den Weihnachtswald. Kann ich euch helfen?"

Die Mutter, die zuerst die Sprache wiedergefunden hatte, erklärte ihm, dass in dem schönen Adventskalender der kleinen Luisa an diesem Morgen gar keine süße Überraschung und die Tochter deshalb sehr traurig gewesen sei.

„Du musst wissen, lieber Wichtel, wir sind arme Leute und können uns nicht oft Schokolade leisten", fügte sie erklärend und ein wenig beschämt hinzu, und Luisa nickte mit dem Köpfchen.

Da musste der Wichtel schmunzeln, entschuldigte sich aber sogleich. „Oh, das tut mir sehr leid", sagte er, „wir haben ein paar ganz junge Wichtel in unseren Reihen. Sie sind in diesem Jahr erstmals dabei, die vielen Überraschungen für die Kinder vorzubereiten. Einer von ihnen war sicher unaufmerksam. Aber ihr sollt unter unserem Fehler nicht leiden. Kommt mit, ich gebe euch noch einige Leckereien als Wiedergutmachung mit auf den Heimweg und verspreche euch, dass ihr in den kommenden Jahren zu Weihnachten immer ganz besonders gut von uns bedacht werdet."

Und so geschah es auch. Immer wenn die Weihnachtszeit nahte, klingelte es an der Haustür dieser kleinen Familie und ein Bote der Wichtel aus dem Weihnachtswald brachte neben dem Adventskalender für Luisa noch ein kleines Extrageschenk mit. Das wurde so lange aufgehoben, bis der Heilige Abend endlich da war.

In einer Ecke der Stube stand der nur mit leuchtenden Kerzen geschmückte Weihnachtsbaum, unter dem außer der großen, vom Großvater geschnitzten Krippe Jahr für Jahr nur ein einziges Geschenk lag. Hier, in dieser heimeligen Atmosphäre erzählte man dann zu vorgerückter Stunde, dann wenn es ganz besonders gemütlich war, die Geschichte des kleinen Missgeschicks der Weihnachtswichtel. Anschließend durfte Luisa das Geschenk der Wichtel öffnen.

Später dann, als Luisa schon längst erwachsen war und selbst eine kleine Tochter hatte, wurde das Präsent der Wichtel von ihr geöffnet.

Und wer weiß schon, vielleicht wurde diese Geschichte ja in eurer Familie am Tag von Christi Geburt erzählt. Horcht doch einfach einmal nach. Vielleicht entdeckt ihr bei euren Großeltern oder Tanten und Onkeln, bei Mama oder Papa den vergessenen Spruch, der die gläserne Tür zum Weihnachts-Wichtelwald am schönen Bodensee wieder öffnet ...

Katja Fischer wurde 1953 im Ruhrgebiet geboren und lebt heute der Liebe wegen in Österreich. Die gelernte Bürokauffrau, die seit Kurzem ihren Ruhestand genießt, hat sich nun die Zeit zum Schreiben genommen.

Glück am See

Es war einmal ein blonder Jüngling, der lebte zufrieden in einem kleinen Dorf, geborgen zwischen grünen Wäldern und prächtigen Weinbergen. Er hatte sein gutes Auskommen, eine wunderbare Familie und war beliebt und geachtet bei den Leuten bis über die Grenzen seines Dorfes hinaus. Doch etwas fehlte ihm: die wahre Liebe eines schönen Mädchens. Viele schmeichelten ihm und versuchten, sein Herz zu erobern, aber das Herz des Jünglings regte sich nicht. Er wurde immer betrübter und sein Herz kälter und härter.

Eines Tages kam ein Reisender in das Dorf, der im Gasthaus übernachtete. Am Abend setzte er sich zu den Einheimischen an den Tisch und berichtete von all den Orten und Dingen, die er während seiner Wanderschaft gesehen hatte. Er erzählte von Riesen, die im Gebirge mit bloßen Händen die Steine zurecht brachen, von Zwergen, die in ihren Stollen die kostbarsten Schätze anhäuften, und von Drachen und anderen Ungeheuern.

Auch unser Jüngling war unter den Besuchern des Gasthauses, doch die Geschichten des Wanderers kümmerten ihn nicht sonderlich, er hatte kein Interesse an Abenteuern. Doch als der Fremde schließlich von dem sagenhaften Bodensee erzählte, wurde auch er hellhörig. Denn in der Mitte dieses Sees sollte sich eine Insel befinden, auf der das liebreizendste und schönste Mädchen lebte, das man sich nur vorstellen konnte.

Der Jüngling, den es so sehr nach der Liebe eines solchen Geschöpfes verlangte, lauschte aufmerksam und fragte den Erzähler, als dieser schließlich geendet hatte, begierig nach dem Weg zu diesem See. Der Fremde gab ihm bereitwillig Auskunft, mahnte ihn allerdings auch zur Vorsicht, denn es musste seine Gründe haben, dass das Mädchen noch immer unverheiratet war.

Doch das hörte der Jüngling schon nicht mehr, er war bereits dabei, sich seine wundervolle Zukunft auszumalen, mit dem schönen Mädchen an seiner Seite. Schnell eilte er nach Hause, um die Vorbereitungen für seine Reise zu treffen. Schon am nächsten Morgen sollte es losgehen.

So machte er sich am nächsten Tag noch vor Sonnenaufgang auf den Weg, voller Freude und Tatendrang. Seine Eltern und Freunde, die er nur kurz über seine Pläne informiert hatte, waren sehr betrübt. Doch mit Sorge hatten sie die Schwermut, die auf dem Jüngling lastete, wahrgenommen und gaben ihm daher ihren Segen und ihre besten Wünsche mit auf den Weg.

Guten Mutes und flotten Schrittes begann der Bursche seine Reise, die ihn zunächst in die Wälder östlich seiner Heimat führte. Von Weitem wirkten sie bedrohlich und dunkel, fast schon schwarz. Doch je näher er ihnen kam, desto mehr erkannte er, dass die Bäume nicht dunkler und die Waldbewohner nicht gefährlicher als andere waren.

Sein Weg führte den Jüngling stetig bergauf, schließlich kam er gar so hoch, dass der Boden und die Nadeln der Bäume mit Schnee bedeckt waren. Kein Dorf, nicht einmal ein einzelnes Haus bekam er zu Gesicht, so blieb ihm nichts anderes übrig, als sich eine andere Unterkunft für die Nacht zu suchen. Er fand eine Höhle, die ihm genügend Schutz gegen Wind und Kälte bot, und machte in ihrem Eingang ein Feuer, das nicht nur Wärme spendete, sondern auch die hungrigen Wölfe abhielt.

Die Nacht war für den Burschen unruhig und schwer. Nicht nur das Heulen der Wölfe störte seinen Schlaf, er hatte zudem einen seltsamen Traum, der ihn schließlich schweißgebadet hochschnellen ließ. In diesem Traum setzte er mit einem Boot auf die Insel über, auf der das schöne Mädchen zu Hause war. Doch dort angekommen erwarteten ihn lediglich Schlangen, Spinnen und anderes feindliches Getier, das sich auf ihn stürzen wollte.

Als er am nächsten Morgen seinen Weg fortsetzte, hatte er den Traum bereits wieder vergessen und marschierte unbekümmert weiter.

Nach zwei weiteren Tagen Fußmarsch hatte der Jüngling es geschafft. Als er aus dem Wald trat und auf einen Hügel gelangte, breitete sich vor ihm die größte Ansammlung von Wasser aus, die er je gesehen hatte. Das musste er sein: der Bodensee. Mit zusammengekniffenen Augen suchte er die Oberfläche nach der Insel ab, die das eigentliche Ziel seiner Reise war. Und tatsächlich, mitten im See ragte sie aus dem Wasser und er meinte gar, ein Schloss auf ihr erkennen zu können.

Rasch ging er weiter, bis er in ein kleines Dorf kam, wo er sich in einem Gasthaus ein Zimmer nahm, denn der Tag neigte sich bereits dem Ende zu. Am nächsten Morgen wollte er nach einer Möglichkeit suchen, zu der Insel zu gelangen. In der Gaststube sitzend und auf sein Essen wartend stellte er sich vor, wie er mit dem wunderschönen Mädchen an der Hand durch einen Garten ging, vollkommen glücklich.

Doch jäh wurde er aus seinem Tagtraum gerissen, als ein lautes Scheppern erklang und sich warme Suppe über seine Beine ergoss. Erschrocken sprang er auf und wollte schon laut losschimpfen, als er in ein besorgtes Gesicht blickte, in dessen Augen sich bereits erste Tränen sammelten. Ein Mädchen in etwa seinem Alter stand vor ihm, die Hände über dem Kopf zusammen geschlagen und eine Entschuldigung nach der anderen vor sich hin murmelnd. Ihre Erscheinung und ehrliche Bestürzung über den Unfall ließen jeglichen Zorn in dem Burschen verschwinden und er musste gar ein wenig schmunzeln.

„Beruhigt Euch, meine Liebe“, sagte er zu dem Mädchen, „es ist ja nichts passiert. Die Suppe war nicht sonderlich heiß und mir ist nichts geschehen. Ich werde nach oben gehen und mich umziehen und in der Zwischenzeit könnt ihr mir einen neuen Teller Suppe holen, in Ordnung?“

Die junge Frau nickte nur stumm und lächelte ihn dankbar an. Wenige Minuten später saß der Jüngling wieder auf seinem Stuhl und aß die Suppe, die ihm das Mädchen, die Tochter des Wirts, dieses Mal unversehrt gebracht hatte. Auch die anderen Speisen kamen ohne Zwischenfälle bei ihm an, ebenso wie die Getränke, die er über den Abend verteilt zu sich nahm. Nur einmal fiel ihr ein Becher um, als sie ihn auf den Tisch stellte, doch war er zum Glück noch leer.

Bis auf zwei Fischer war der Jüngling der einzige Gast in der Stube, was ihm und dem Mädchen des Öfteren die Gelegenheit gab, ein Gespräch zu beginnen. Ohne Umschweife fragte er sie, was sie über das hübsche Mädchen auf der Insel wüsste und wie er wohl am besten dorthin gelangen konnte. Doch außer den Legenden, die erzählt wurden, wusste sie nicht viel zu berichten. Nur, dass sich schon viele junge Männer auf den Weg gemacht hätten, doch nicht einer sei zurückgekommen.

Kurz machte sich der Jüngling seine Gedanken über diese Tatsache, doch die Sehnsucht, die seine Vorstellung noch hatte anwachsen lassen, war zu groß, als dass er sich ernsthafte Sorgen machte. Am nächsten Morgen wollte er mit einem Boot, das ihm die Tochter des Wirts auszuleihen versprach, zu der Insel rudern.

Als er später zu Bett ging, konnte er nur schwer einschlafen, was aber nicht an seiner Furcht lag, was ihn wohl erwartete, sondern vielmehr daran, dass er ständig das Gesicht des Mädchens aus der Gaststube vor sich sah. Wie es lachte, wie es frech seine Scherze konterte und wie schüchtern es doch dabei war. Schließlich übermannte ihn aber doch die Müdigkeit und mit einem Lächeln auf den Lippen schlief er ein.

Gestärkt durch ein ausgiebiges Frühstück begab sich der Jüngling am nächsten Morgen mit der Tochter des Gastwirts zum Ufer des Sees. Sie zeigte ihm das Boot und gab ihm ein wenig Proviant mit. Dann wünschte sie ihm alles Gute und murmelte so leise, dass er es gerade noch hören konnte, vor sich hin: „Vielleicht kommt Ihr ja zurück."

Bevor der Junge wusste, wie ihm geschah, hauchte sie ihm einen Kuss auf die Wange und drehte sich um, um zurück ins Dorf zu laufen. Etwas überrascht schaute er ihr noch nach, doch dann schüttelte er sich kurz und sprang entschlossen in das Boot, ergriff die Ruder und legte sich in die Riemen.

Die Stunden schienen ihm endlos, immer wieder drehte er sich um, aber die Insel schien nur ganz langsam näher zu kommen. Doch schließlich hatte er es geschafft, an einem flachen

Strand erreichte er die Insel seiner Träume. Ein schmaler Weg führte hinauf in die Richtung des Schlosses, das er bereits sehen konnte.

Der Jüngling ertappte sich dabei, wie er recht zögerlich einen Fuß vor den anderen setzte. Er suchte in seinem Inneren nach der Euphorie, die ihn bis hierher geführt hatte, doch er fand sie nicht so recht.

Vor dem Schloss erstreckte sich ein riesiger, prachtvoller Garten, in den der junge Mann nun eintrat. Noch immer in Gedanken, warum er sich nicht wirklich freuen konnte, die Insel gefunden und erreicht zu haben, stoppte er abrupt ab, als er einige Meter vor sich eine Person wahrnahm. Sie saß auf einer Bank und hatte ihm den Rücken zugedreht, ihr langes blondes Haar fiel ihr über die Schultern und in einer Hand hielt sie einen Sonnenschirm, den sie langsam hin und her drehte.

Das musste es sein, das musste das schöne Mädchen sein, von dem der Reisende gesprochen hatte. Wie es wohl aussah, wie hübsch wohl sein Gesicht war, wie reizend seine Figur? All diese Fragen stellte sich der Jüngling nicht. Er wusste jetzt, wo all sein Ansporn und all seine Sehnsucht geblieben waren.

Ohne einen weiteren Blick auf das Mädchen vor ihm zu werfen, drehte er sich um und ging den Weg zum Boot zurück, schob es ins Wasser und begann, zurück Richtung Ufer zu rudern. Plötzlich hörte er einen markerschütternden Schrei, der eindeutig von der Insel kam, gefolgt von einem Brüllen und Fauchen. Doch er kümmerte sich nicht weiter darum, sondern ruderte unbeirrt weiter. So langsam die Insel vorhin näher kam, so schnell entfernte er sich jetzt von ihr. Die Vorfreude auf das, was ihn hoffentlich erwartete, spornte ihn an.

Als er schließlich merkte, dass er das Ufer bei dem Dorf, von dem er aufgebrochen war, erreicht hatte, drehte er sich um. Und tatsächlich, da stand es. Das Mädchen aus dem Gasthaus. Schnell machte er das Boot fest und kletterte hinauf auf den Steg, auf dem es stand.

Ohne ein Wort zu sagen, schauten sie sich gegenseitig in die Augen und gingen Hand in Hand in Richtung Dorf. Die Insel in ihrem Rücken verschwand im aufkommenden Dunkel der Nacht.

Der Jüngling hatte gefunden, weswegen er ausgezogen war. Und wenn sie nicht gestorben sind, dann genießen sie noch heute ihr Glück zusammen.

Mark Gräfler, Jahrgang 1985, ist professioneller Laienschriftsteller und Dummschwätzer, der hier seine romantische Seite entdeckt hat. Bei seinen Hobbys liebt er es extrem: Klettern im Himalaja, Tiefseetauchen und Basejumping gehören zu seinen bevorzugten Freizeitaktivitäten.

Buchtipp

Martina Meier (Hrsg.):
Auf den Kern gebracht
Die Apfel-Anthologie
ISBN: 978-3-86196-317-2

Der Apfel ist das beliebteste Obst in Deutschland - knapp 17 Kilo isst jeder Deutsche im Jahr. Doch er kann noch viel mehr: Kaum ein Obst war und ist in so vielen Bereichen ein gewichtiges Symbol.
Auch in der Literatur hat der Apfel seinen festen Platz bereits seit Anfang an. Man denke an Adam und Eva, Schillers Wilhelm Tell oder Schneewittchen, der ein beherzter Biss beinahe zum Verhängnis geworden wäre. Im Sinne dieser Tradition hat das Papierfresserchen die besten Geschichten und Gedichte rund um die gesunde Kugel gesucht, die sich an Kinder und Jugendliche richten.

Printed in Poland
by Amazon Fulfillment
Poland Sp. z o.o., Wrocław

70685873R00051